LOS ABANDONOS

CAYETANA
GUILLÉN CUERVO

LOS ABANDONOS

Primera edición: mayo de 2017

Avenida de Alfonso XIII, 1, bajos, 28002, Madrid
Tel.: 91 296 02 00
www.esferalibros.com

ISBN: 978-84-9164-020-2
Depósito legal: M. 9.642-2017
Diseño y maquetación: Dímeloengráfico, *www.dimeloengrafico.es*
Busheezy.com, por los pinceles de Photoshop
Fotografía de contracubierta: Omar Ayyashi
Impresión: Anzos
Encuadernación: Méndez
Impreso en España-*Printed in Spain*

A mis padres.
Por todo.

ÍNDICE

Los abandonos.
Estaciones por las que transitamos en este viaje.

Lugares por los que pasamos de largo, pero que nos hacen y nos deshacen. Pantanos en los que nadamos en círculo, cruzándonos con los demás, mirándonos de reojo. Hablando solos. Porque nadie te puede responder a tanta pregunta. Son etapas de la vida, en las que muere una parte de ti y tú pasas a ser otra persona. Tiempos inevitables que forman parte del juego. La enfermedad de mi padre me llevó a reflexionar obsesivamente sobre esos momentos en los que perdemos algo tan valioso que, sin ello, nuestra vida será otra vida. Y tendremos que acostumbrarnos. Al cambio y al dolor. Al cambio y a lo que quede de nosotros. Al cambio y al horizonte. Al cambio y a la relación con los demás. A nuestra incomprensión. A nuestra impotencia. A nuestra desesperación. Porque algún día, por un instante, o dos, o tres, volveremos a sentir calma, serenidad, ternura. Ilusión. Y ganas de vivir.

LA PÉRDIDA. EL GRAN ABANDONO

La ausencia. Con su peso.

Con una profundidad que se enreda en lo más hondo del estómago.

Mi padre no se iba. Mientras su cerebro estuviera lúcido, él seguía aquí, entre nosotros. Quizá por eso no fui todo lo coherente que él esperaba. Porque él siempre esperaba mucho de mí. ***Casi todo***. Y yo no soportaba intuir la decepción en su mirada. Unos ojos verdes que arrastraban su alma a cualquier sitio. Y que observaban a los demás desde el conocimiento de las cosas. Que no es lo mismo. No es lo mismo, porque la ignorancia es muy osada y el conocimiento es tímido. Y tiene mucho sentido del ridículo. Como él. Porque eres demasiado consciente de lo que significa acertar o equivocarse. Y la consciencia es la presencia. Eso que no tengo de él ahora y que busco por los rincones. A mi padre. Sus tonos de afecto, para calmarme. Porque como la vida es así, no sé cómo, parece que no para con sacudir de un lado y te pide el otro. Desde que mi padre enfermó, me cambió la suerte. Como si su enfermedad tuviera que ver con la decadencia del horizonte, como si él fuera consciente de que todo iba a empeorar y no quisiera verlo, como si su corazón roto supiera que no iba a soportar verme sufrir. Pero desde que él enfermó, el cielo se llenó de nubes y algunas todavía no se han ido. Nos tumban. Y cuando conseguimos levantarnos están ahí otra vez, para caer encima de nuestras cabezas. Como si no soportaran nuestra ligereza. Como si les molestara cualquier muestra de felicidad. Y él, desde algún lado, nos observa reconociendo lo que le alejó de aquí. Porque estaba enfadado, toda la vida luchando por mejorar las cosas, y tener que ver a tus hijos chapoteando en una sociedad que no los quiere, que los maltrata. *Pasó sus últimos meses indignado*, diciendo, por fin, lo que pensaba, trasladando su amargura a las mentes inteligentes que le quisieran escuchar. Le alteraban las vagas teorías de quien tendría que dar explicaciones por tanto desaliento. Por tanto caos. Por tanta desatención. Con los bolsillos llenos del dinero de otros y la moral destartalada, se atreven a echarnos la culpa del desorden. A los

demás. A nosotros, que no somos nada. Que peleamos desde que nacemos por mantener el entusiasmo y la fuerza de voluntad, y las ganas de vivir, y que con un poco de suerte y mucho trabajo, conseguimos un poco de bienestar y lo repartimos entre los nuestros.

Mi padre siempre relacionó su enfermedad con el desastre, con el descrédito de quien nos ha guardado, y aquellos en los que tanto confió. Miraba alrededor sin fe y con una tristeza infinita. Se iba a marchar, sí, pero con decepción y sin calma.

A veces miro su mecedora. En casa de mis padres siempre hubo una mecedora de madera verde en un rincón del salón. Y mi padre se sentaba a leer, como en las mismísimas olas. Amaba el mar. Y paseaba con el sol en la cara y la brisa meciendo los pensamientos, a los autores y sus citas, con la ausencia de Dios, y los problemas. El mar siempre me recuerda a él. Era feliz con un paseo por su orilla. Pleno. Su serenidad me persigue como un frente abierto, sin solucionar. Porque sé que eso es lo único que merece la pena. Sentir que todo fluye alrededor, y que tú estás en el centro de algo que tiene sentido. Hay algo que se queda, de lo que fue él, que es más profundo que una imagen, o que un recuerdo. Es la presencia. El alma, sí, pero enredada a ti. Por dentro. Y va contigo a cualquier parte. Y sale en cualquier momento a penetrarte con una sensación de algo que te traslada a algo y que te ayuda a caminar, o a tomar una decisión concreta. Es sólido. Está ahí. Y ahora forma parte de ti y de tus decisiones, y de las consecuencias de tus decisiones, que siempre están. Y provocan, claro, otras consecuencias.

Mi padre quería marcharse sin dolor. Sin sufrimiento. Y habló de ello a menudo, durante su vida, como un deseo consciente que quería compartir, porque los demás, quieras o no, forman parte de tu desenlace. Y formarán parte de tu más honda intimidad, de un túnel por el que caminamos solos hacia otro lugar. Los que se quedan hablan por ti. Y no siempre dicen lo que deben. Dicen lo que piensan, o lo que coincide con sus convicciones, o con sus costumbres, o con sus necesidades, y a veces no encaja con los deseos del que se va, porque el que se va ya no puede defenderse, ni discutir, ni cuestionar otra manera de entender las cosas. Mientras su cerebro está consciente, lúcido, presente, la persona a la que amas está a este lado de las cosas. En la orilla de la comprensión, de los sentidos, de las preguntas y respuestas, del afecto, de las caricias. Por eso, la decisión de ayudar a frenar el dolor a cambio de la inconsciencia, de acelerar el proceso de quien se va, es tan complejo para quien se queda. Mi padre tenía una cabeza privilegiada. Nunca, jamás, le vi dudar de un dato, de una fecha, de un autor, de un título, o de una parte de la historia. Siempre aportaba una solución a las dudas, y siempre lo hacía con convicción. Y no nos extrañó que la morfina no fuera suficiente para ahogar con agilidad su nivel de consciencia. Le costó mucho apagar sus ideas, y cuando los médicos pensaban que descansaba del tormento, él volvía de alguna parte para recordarles que seguía aquí, padeciendo el infierno que no merecía y que había suplicado que le evitáramos.

No es fácil. Porque la frontera es tan poca cosa como una respiración. Un último aliento. Un instante que cambia todo para siempre. Yo estaba sentada a su lado. Al día siguiente grababa el programa que conduzco en la 2 de

*«No es que me asuste la muerte.
Es tan solo que no quiero estar allí
cuando suceda».*

Woody Allen

TVE desde hace años, *Versión Española*, e iba a estudiar el guion. *Atraco a las tres*, de José María Forqué, era la película. Él respiraba muy despacito. Me tenía que acercar para escucharlo. Cerré el ordenador y le acaricié el pelo, poco a poco. Cuando mi padre enfermó, al principio de aquellos días, le pregunté qué texto podía poner en pie que le hiciera ilusión. **Como homenaje**. Como homenaje a una generación que ayudó a caminar a un país en el que todo sucedía a escondidas y el pecado hacía llagas en las palmas de las manos, en la espalda, en un pensamiento único que no se podía cuestionar sin culpa, sin castigo. La gente pagaba de rodillas, con la cabeza baja y la humillación en el corazón, un beso, o una idea. La misma tentación de vivir era el infierno y el purgatorio estaba lleno de inocentes con la boca sellada.

Los hombres se mataban unos a otros para sobrevivir, y se quitaban la vida para encontrar algo de calma. Por fin. La miseria se extendió por las carreteras y solo unos pocos podían comer en mantel de hilo. No quedaba tiempo para leer, ni para amarse, ni para reír a carcajadas. Y hubo unos cuantos, unos poquitos, que nacieron con una estrellita en el corazón. Con un latido que los hacía diferentes. *Ellos amaban el sol*, y los poemas, la música, la danza, la expresión, los grandes textos, la pintura, y en medio de la nada decidieron conquistar sus sueños. Y sus sueños ayudaron a respirar a los demás. A entender algo más de esa vida que les estaba ahogando. Que les cerraba las puertas en las narices y que no les dejaba entrar ni en su propia casa. Los actores, con su vida a contracorriente, se subían al escenario, siempre a pesar de todo. Y ento-

*«Nuestro bienestar
exige la aceptación
de la incertidumbre».*

CLAUDIA LLOSA, *No llores, vuela*

naban los textos de quien, en otras vidas, quisieron gritar las conclusiones. Porque a pesar del tiempo y la distancia, el ser humano sigue preguntando las mismas cosas y solo encuentra respuesta en sus semejantes, en quien, como él, busca algo de serenidad ante tanto desasosiego. Porque a ver quién se conforma solo con saber que venimos aquí a morir tarde o temprano. Y que da todo igual. Porque, en realidad, excepto el afecto que recibes y das a los demás, da todo igual. Y los actores, cuando nadie los quería, cuando eran solo los cómicos encargados de entretener a esa parte que manejaba el mundo y que los observaba ruborizados, mirándolos desde arriba, desde la comodidad de unos rincones conquistados casi siempre a pesar del prójimo, los actores, entonces, cuando los despreciaban por pintarse los labios con carmín y disfrazarse de mujer, o de hombre, o incluso por serlo, o por no serlo, tragaban saliva y recorrían los caminos de polvo dándose calor los unos a los otros. Refugiándose en el poder que te da saber que una sola palabra, una sola, que se pose en el espíritu dormido de un ser humano dispuesto a despertar merece la pena. Porque las verdades son tan pequeñitas, tan frágiles, que se tambalean. Y cuando escuchas lo que tu alma intuye, te explota el corazón. Y te invade una sensación de lucidez que algo, seguro, habrá cambiado para siempre.

Porque hubo un día en que no había focos, ni mayúsculas, ni alfombra roja para los cómicos. Y su vida, distinta, y siempre dura y expuesta y entregada, era profundamente despreciada. Siempre he escuchado a mi madre decir que nosotros no nos podíamos permitir un error, porque ese error siempre sería juzgado con más dureza. Que el error lo cometieran otros. Los que no fueran cuestionados *a priori*. Porque sí. Por nada. Por su supuesta manera de vivir. La dignidad había que demostrarla en cada paso. En cada planteamiento. En cada situación. Demostrarla. No solo tenerla. Subrayarla. Para convencer.

«Recupera a Camus. Albert Camus». Me respondió. «Es un intelectual libre, completo, imprescindible. Revisa *El malentendido*». Mis padres estrenaron a Camus en España en plena dictadura, cuando todavía era un autor prohibido. Eran muy jóvenes, tenían ya dos hijos, y se jugaban, literalmente, un destino que estaba sin hacer. Su generación ayudó a nacer a un país en blanco y negro que caminaba torpe, muerto de miedo. Se atrevieron a llenar de oxígeno unos pulmones llenos de humo. Y a sacudir las alas de quien las batía a solas y en silencio. Por eso pensé en recordarlo. Y lo hice. Con *El malentendido*, de Albert Camus. Mi padre me pasó ese texto en su habitación del hospital, cada tarde. Cada tarde yo iba a verle después de los ensayos, y él recuperaba la voz que ya no tenía y me daba la réplica con una entereza que me rompía por la mitad. Él, sin fuerzas, hacía el personaje del hermano, Jan, y el de la madre, y el de María, con una dignidad que me ha servido muchas veces de referente. En sus últimos días, cuando él ya estaba sedado y (casi) inconsciente, le recité el monólogo final de Marta, muy bajito, al oído, y juro que me dio un sí, casi imperceptible, con la cabeza. Sentí que estaba preparada. Mi padre falleció una semana antes del estreno. Y Camus, con su desgarro y su desconsuelo, me ayudó mucho a convivir con mi propio duelo.

«Lo único que nos
separa de la muerte
es el tiempo».

Ernest Hemingway

Cuaderno de verano.

Este último verano, en pleno agosto, por un virus, me vi en urgencias con una vía y una bolsa de suero detrás de otra. Y desde allí, tumbada, en un box como tantos en los que yo le había acompañado durante los años de su enfermedad, miré hacia arriba y *pensé en mi padre*. Y me dolió profundamente imaginarle allí, atrapado, buscando con sus ojos verdes una solución a ese suplicio que estaba acabando con todo. Parecía un animal herido. Durante unas horas viví la sensación de estar en otras manos. Y el dolor físico me paralizó. Depender de los demás para todo. Para moverme. Para decidir sobre si tenía que moverme, para volver a casa. Cerré los ojos y sentí, intensamente, el infierno que debió de cruzar él durante todos aquellos meses. Pero su infierno era todavía más profundo, porque no tenía horizonte. Un día a media mañana se echó a llorar. Mi padre lloraba amargamente porque no tenía horizonte.

No se quería operar. Cuando le confirmaron la enfermedad y que debían extirpar lo que fuera para ofrecerle una mejor calidad de vida, él nos miró, sereno, y repitió una y otra vez que no quería hacerlo. Pero nuestra súplica fue demasiado fuerte. Demasiado amarga para que él tuviera fuerzas para rebatirla. Sus hijos le pedían una última oportunidad. Que lo intentara una sola vez, por ellos. Porque tenerle lo cambiaba todo. Y la bonhomía de aquel ser humano que nunca consiguió ser libre volvió a interponerse en su camino. Y empezó un recorrido hacia ninguna parte. El mismo camino que él siempre quiso evitar. Y lo hizo por nosotros. Y por miedo, supongo, al otro lado. Y a tanta soledad.

Hay quien jamás habla de la muerte. Pero yo recuerdo a mi padre reflexionando sobre el tema constantemente. Le obsesionaba el dolor físico. Y depender de los demás. Supongo que el recuerdo del desenlace de su propia madre, retorcida en un calvario interminable durante toda su enfermedad, implorando sosiego a los ojos de un niño, alimentó unos fantasmas que insistían en vagar por sus noches de insomnio. Una muerte digna. Eso fue todo lo que le oí suplicar a su Ausencia-de-Dios en su vida. Eso, y continuidad en el trabajo.

Años antes, en Barcelona, mi padre había firmado un testamento vital ante notario para especificar que, en caso de padecer una enfermedad terminal, jamás se alargara su vida artificialmente. Unos meses antes, gracias a uno de los ángeles que protegen mis andanzas por este mundo, Paz Sufrategui, compartimos un documental imprescindible, *Las alas de la vida*, en el que un médico de familia que padecía una enfermedad degenerativa del sistema nervioso para la que no se conocía curación, atrofia sistémica múltiple, decidió rodar sus dos últimos años y compartirlos para mostrar qué había que hacer; para informar de cómo había que tratar al enfermo-lúcido-condenado-dependiente en esa última etapa del camino marcada por la enfermedad. Y en aquella película Carlos Cristos firmaba un testamento vital, del cual abrazó mi padre su propia idea. Carlos Cristos murió con cincuenta y un años.

Yo tenía guardado aquel papel original en un cajón, en mi casa, en el mueble de los documentos. Recuerdo el día en que lo cerré y pensé que alguna vez llegaría el momento de abrir el sobre para perseguir su voluntad. Cuando llegó ese día, cuando abrí aquel cajón para sacar el testamento vital de mi padre, me observé extrañamente desde fuera. Con los pasos y la respiración a un ritmo que no era el mío, recorrí el pasillo hasta la puerta en un movimiento exacto al que siempre imaginé que haría. Salí de casa y conduje lentamente hasta el hospital donde estaba ingresado. En el trayecto, Omar se miraba las manos, como si no encontrara respuesta ni consejo que dar entre sus dedos. Como el agua cuando se escapa. Avisé a mis hermanos, y nos sentamos con el urólogo que le había tratado con paciencia y sensibilidad durante tantos meses. Y es que no todo el mundo tiene una inteligencia emocional cultivada y libre. No todo el mundo es capaz de ser lo que quiere ser. Y a veces hay que dejar de ser lo que tú esperas de ti, lo que los demás esperan que seas, para poder ser quien eres. Y eso a menudo anda tan escondido que solo las situaciones límite te llevan a rescatarlo. En el largo proceso de la enfermedad de un ser querido, toda la familia enferma. Y no todos alrededor tienen la misma perspectiva. Ni la misma capacidad de comprender. La experiencia endurece porque acostumbra al corazón. Lo acostumbra al dolor. Y en el periplo de buscar una solución asumes cómo los médicos van buscando tratamientos y comprobando resultados con cada enfermo. No hay medicina exacta, hay estadísticas, hay probabilidades, que se confirman, o no, en el organismo de un nuevo enfermo.

Fui consciente de que ellos también dudan, y de que el error forma parte de su trabajo. Un error que manejan mucho mejor que tú, que les miras vendido a sus palabras, y que persigues uno de sus gestos como un milagro que todavía puede suceder. Estás en sus manos. Porque te sientes tan confundido, tan solo, que el único paliativo a tu desconcierto lo puedes encontrar en alguna de sus palabras. Hay una edad en la que piensas que la gente no muere, en la que andas a salvo y te consideras todopoderoso. Pero eso pasa, y la realidad te sacude hasta despertarte en una zona prohibida. La madurez. Un Sandwich Club en el que conviven padres mayores, hijos pequeños, problemas profesionales, descalabros económicos, sueños rotos, desilusiones, viejos y nuevos amigos, suegros, algún viaje y decisiones más o menos pequeñas. No fui capaz de cumplir la voluntad de mi padre a la velocidad que él necesitaba. Porque mientras su cabeza estuviera aquí, él seguiría a mi lado.

Una tarde, una de las enfermeras entró a pincharle otro analgésico, y él volvió de algún lugar para gritarle en un susurro que le dejara en paz, que no le pinchara nada más, que no quería, y yo, tratándole como a un niño, la ayudé a sujetarle las manos para que pudiera hacer su trabajo. Mi padre me miró fijamente, muy serio, y volvió al silencio del que había salido para luchar una última vez por una libertad perdida. Y por su dignidad. Aquella noche volviendo en coche a casa le dije a Omar que no sabía qué hacer, que no me decía claramente lo que quería, lo que necesitaba. Y Omar me respondió, muy bajito, que ya me lo había dicho; ante notario y por escrito.

Era un martes Mi hermana Natalia me abrazó y me dijo que yo no estaba sola, y que ella, en definitiva, era la mayor. Tardó dos días más en dejarnos.

Mi padre. Un hombre bueno, *excepcionalmente* culto, que solo necesitó del mundo el sol, el mar y un libro para definir su libertad.

Monólogo final de Marta
en *El malentendido*, de Albert Camus.

Nos han estafado, ya se lo he dicho. ¿Para qué, tanto llamar al ser supremo, tanta disposición de las almas? ¿Por qué anhelar el mar, o el amor? Es ridículo. Ahora, su marido conoce la respuesta: todo se reduce a esa morada espantosa donde estaremos los unos junto a los otros. *(Con odio)*.

Usted también la conocerá, y entonces, si eso fuera posible, recordaría con deleite el día de hoy, en el que cree empezar el más desgarrador de los exilios. Y créame: su dolor no es nada comparado a la injusticia que se comete con el hombre.

Para terminar, escuche mi consejo, porque sé que le debo un consejo, ya que yo he matado a su marido: ruegue a su dios que la haga semejante a la piedra. Esa es la felicidad que él se reserva, la única felicidad verdadera.

Haga como él. Vamos. Vuélvase sorda a los gritos. Sea una piedra, ahora que todavía le queda tiempo. *(Pausa)*.

Pero si es demasiado cobarde para penetrar en esa paz ciega, entonces venga a reunirse con nosotros, venga a nuestra morada común. ¡Adiós, hermana mía! Todo es fácil, ya lo ve. Tiene que elegir entre la estúpida felicidad de los guijarros y el lecho viscoso en el que estaremos esperándola.

EL DESAMOR

El alma humana.
Esa cosa tan sencilla.

Cada abismo personal recoge miles de percepciones que generan preguntas sin respuesta. Y ahí caminamos. Como una mezcla de física y química. Como alguien que busca la luz a pesar de todo. Porque en realidad esta aventura resulta ser (casi) una tomadura de pelo. Vienes al mundo, a este mundo, a sufrir agresiones y a aprender a bandearlas. Sin que nadie te dé una sola pista sobre las razones que pueden sostener semejante estupidez. Sufrir. Cómo evitarlo. Cómo evitar la herida que la propia vida mantiene abierta. Hay quien decide llorar menos. Y de todas las posibilidades siempre elige la más gozosa. Porque casi todo, eso sí, es una cuestión de actitud. Incluso abandonar o ser abandonado. Recuerdo cómo *Ella* dejó de sonreír poco a poco. A medida que fue descubriendo que no le quería. A *Él*. Que era un chico inteligente, bueno, generoso, amable, educado. Pero poco atractivo. Y ella, hasta ahora, le había dado prioridad a la pulsión sexual. La primera pulsión sexual y las que luego podían desencadenarse. Siempre consciente de que si no hay ese empujón, inevitablemente algo va muriendo. *Ella* aprendió a quererle. Porque se convenció, poco a poco, de aquello que todo el mundo suponía mejor para su deseada estabilidad vital. Pero ni su piel, ni su aliento, ni sus latidos se alteraban al verle. Y algo se muere por dentro cuando no hay ganas de quedarte enganchado a unos labios todo el día. Con toda tu potencia sexual queda diluida entre las palabras y los sueños. Es necesario que te parta un rayo. Porque enamorarse no es lo mismo que no hacerlo. Por mucho que te susurres al oído la virtudes del que te mira bien. O es el cielo, o puede ser el infierno. Y el infierno no siempre tiene que ver con las peores intenciones. Ni siquiera con los otros, como escribía Sartre, un genio que, por cierto, hubiera sido mucho más prolífico si se hubiera olvidado de Camus. Lo que sembraríamos todos si descartáramos a los demás como zona conflictiva. Como tema de conversación. Porque, a estas alturas, la vida es lo que tú quieres que sea. Tu voluntad arma y desarma el presente en mil pedazos. Y proyecta el futuro. Y colorea algunos rincones del pasado. Pero hablábamos de las peores intenciones. De que no siempre son la causa de la felicidad de tu pareja. O no la única. Porque la mejor actitud del otro se puede convertir en tu cárcel. Y eso le pasó a Ella. Que aprendió a quererle por su buena voluntad, eso sí, pero no le quiso desde la primera caricia, ni desde el primer beso, que ya le pareció desafortunado. Ni desde que le vio bailar por primera vez. Dios mío. Porque Ella bailaba como los ángeles, pero Él no. Él no seguía el ritmo, nunca seguía el ritmo, y Ella se desesperaba. En silencio, eso sí. Pero algo le ardía por dentro. El ritmo en el cuerpo es como un talento que sale del corazón, y el corazón late o no late. Ella se acostumbró a quererle porque Él la escuchaba, se comprometía con todo lo que Ella estuviera dispuesta a defender y asumía sus estupideces como si fueran propias. Y eso a Ella le daba mucha ternura. Así que, para no verle bailar, miraba para otro lado, y pensaba en cierta serenidad, en cierta calma con la que últimamente podía contar y que a menudo perdía con otros amores que le hacían tiritar de placer. La misma calma que debe aportar Dios a quien sujeta su existencia. Porque la ausencia de Dios sí es uno de los abandonos más difíciles de afrontar en este

mundo al que llegamos pegando gritos. Precisamente, Albert Camus arrojaba la culpa de nuestro profundo desasosiego a la NADA, al dolor de la lucidez que se produce al comprender, al tomar conciencia de lo que nos espera tras el sueño eterno. El ciclo de la vida concebido como una fatalidad que hay que beberse de un trago, con más o menos suerte.

Recuerdo que *Él* aportaba serenidad, y que *Ella* priorizó esta cualidad por encima de cualquier cosa. De esa pulsión sexual, por ejemplo, que decidió dejar guardada entre la ropa de invierno. Ahora necesitaba sentirse querida. Eso era lo más importante. Lo único importante. Pero la gente no cambia. Nadie cambia. Aprendes a ceder, a mentir, a sonreír, a callarte, a gastar menos, a disfrutar más, a no escuchar, a mirar a través de sus ojos, a bloquear emociones, a fingir que te interesa. Pero no cambias. Aunque no te reconozcas, porque hay etapas en las que no eres nada de lo que eras y, si te volvieras a definir, no sabrías por dónde empezar. Otro abandono.

El tuyo propio. Que es, seguro, el más interesante. Porque la vida avanza como una apisonadora, y ni siquiera te ha dado tiempo a pararte a pensar por qué estás dejando todo atrás. Los problemas son agujeros negros que consumen tu mejor voluntad y desgastan todo lo que tienes.

Ella es amiga mía desde hace muchos años. Y nunca creí que pudiera besarle como *Ella* besa cuando le late el corazón. Pero supongo que a veces todos somos capaces de habituarnos a otros afectos si tenemos el corazón roto o cansado de abrazar a quien no te corresponde. Y Él la correspondía. Se implicaba en su vida como si fuera la única posibilidad, se preocupaba si *Ella* se preocupaba, se alteraba si *Ella* se alteraba y solo era feliz si *Ella* lo era. El amor, que a veces se acopla con un grado de dependencia y de identificación algo obsesivo y casi casi insano. Porque somos así. Poco prácticos. A veces te sientes tan agradecido de que alguien se haya fijado en ti que serías capaz de cualquier cosa. Gracias por quererme, le dirías. Gracias por elegirme entre tantas opciones posibles. Por apoyar tu mirada en la mía. Quizá jamás te hubieras fijado en él, pero, al girar la cabeza, has descubierto sus ojos clavados en la tuya y has pensado que quizá te está mirando porque estás despeinada, o sucia, o mal vestida, o que quizá no hay nadie más a quien mirar, pero te vuelves a girar y su sonrisa sigue ahí, y entonces eliges pensar que se debe de haber equivocado y que no tienes por qué ser tú la persona concreta que piensa que eres y que dejará de mirar en cuanto sea consciente. Pero no. Te busca a ti. Y tú no puedes sujetar la mirada. Porque el sentimiento de gratitud es tan grande y tan absurdo que te tiemblan hasta las rodillas. La autoestima. Cómo hacerla fuerte entre tanta sacudida. Cómo hacerla sentir bien. Yo he llegado a verme en la cama con alguien que no me gustaba nada por mera gratitud. ¿Cómo iba a rechazar a quien me elegía? ¿Cómo podía llegar a ser tan desagradable con quien me alagaba destacándome entre las demás? Somos demasiado educadas, me dice siempre Maca, una de mis grandes amigas. Demasiado educadas o completamente gilipollas. Porque con el tiempo las servidumbres no desaparecen, al contrario, se instalan en tu manera de ser y de relacionarte con los demás. Y si a eso le añadimos la identificación que hacemos las mujeres entre amor y sexo, el horizonte se vuelve algo parecido a una pared. Yo hace tiempo que me olvidé de seducir. De ligarme a alguien. Siempre pienso que el intercambio parte de otro lugar. Un lugar con ventajas para el que te mira. Porque te mira con mucha información. Demasiada. La conversación seguramente girará en torno a mí y no me gusta hablar de mis cosas. Hablo mucho, pero no de mí. Me genera pudor y más servidumbres. Porque siempre me veré tentada a pedir perdón por llamar la atención más que los otros. Socorro. Sáquenme de aquí. Hablemos de ti, o no hablemos. Y tampoco te pases, porque puede ser una pesadilla tener que escuchar intensidades, bromas, lugares comunes o sarcasmos de un desconocido. Hay que localizar la diferencia. Se me olvidó ligar, pero puedo oler a distancia a la persona que me interesa. Me fascinan la sensibilidad, la inteligencia y la bondad. Amo a quien descubro como un ser potencialmente sensible, con muestras de una inteligencia relajada

y un sentido del humor incapaz de herir a sus semejantes. Me lo comería con patatas. Me gustan los seres humanos. Adoro observarlos constantemente. Máquinas imperfectas llenas de posibilidades que se autodestruyen con una facilidad pasmosa. Pudiendo conquistar la calma, generalmente elegimos el ruido para vivir.

Ella aprendió a quererle. Vivió una temporada convencida de que esa mezcla de compasión, de afecto, de cercanía y respeto se parecían a todo lo que necesitaba, que ahora sí, que había madurado y nada en el mundo la iba a hacer dudar. Esta vez no. Porque nadie había estado nunca tan pendiente de **Ella**. Se casaron. Y fue una boda preciosa. Ese territorio donde se mezclan dos familias incompatibles que se observan los unos a los otros dispuestos a llegar a un acuerdo por amor. Donde la gente se emborracha y baila hasta quedarse sin voz. Como en aquella boda que cerraba *Relatos salvajes*, la película de Damián Scifrón donde el foco no está exactamente en la humillación sino en sus consecuencias. La explosión que desata la rabia del que fue burlado. A **Ella** nadie la engañó. Fue **Ella** misma la que quiso creer que sí podría. Pero sus ojos se apagaron. Sus manos se durmieron. Su cabeza giraba a más velocidad que el mundo. Andaba por las calles con vértigos y ganas de vomitar. Porque no podía tocarle. Era incapaz de ponerle una mano encima. Y si Él la acariciaba, se le cerraba la garganta hasta dejar de respirar. Ocurrió poco a poco. Como si poco a poco el otro lado de su conciencia estuviera dando la vuelta al chubasquero reversible y se estuviera volviendo todo de otro color. Del color de su corazón, que de negarse a sí mismo se estaba pudriendo. «Me voy», le dijo un día, mirándole a los ojos. «¿A dónde?» Dijo Él. «Me voy de casa». Y Él la vio bajar las escaleras, mirándose a la vez desde fuera, como en su propia pesadilla. Porque, a pesar de todo su dolor, y con la herida abierta, él entendía perfectamente por qué se iba. Para buscarse. Porque Él, al contrario que Ella, tuvo que convencerse de que Ella le quería, de que era verdad que aquella chica de ojos verdes que siempre priorizó su pulsión sexual se había fijado en Él, y había noches que solo quería dormir a su lado, abrazados, con los pies enredados y sin hora en el despertador. No le importaba que no cabalgara encima o que no se le pegara jadeando a media noche. No le importaba que no le buscara por ningún sitio, que no

le besara detrás de las orejas con el aliento entrecortado, que no apretara sus ingles entre sus piernas con la lengua fuera y la cara húmeda. No le importaba nada mientras **Ella** le necesitara de la forma que fuera, porque las parejas son así, pensaba, se complementan, cada una con sus necesidades, con sus manías, con sus miedos. Y nuestros fantasmas no son los mismos. Para **Él** era un milagro, una aventura que **Ella** le quisiera. Pero la vio apagarse poco a poco. Sentía que daba vueltas en la cama, que suspiraba constantemente, que se giraba para no mirarle y se hacía la dormida, que no le daba un beso de buenas noches por si **Él** metía la lengua en su boca intentando provocar alguna reacción, del tipo que fuera. Por eso, cuando la vio bajar las escaleras con una bolsa medio vacía cruzada al cuello, supo que no volvería. Cerró la puerta y el portazo sonó seco, como una patada en el estómago. Se sentó en la cama mirando el armario abierto, con sus trajes y sus camisas y sus corbatas colgados como siempre y los vestidos de ella. El rojo no. El rojo no estaba. Ni los zapatos. Parecía un accidente. Como si hubiera sonado el teléfono y alguien le hubiera dicho al otro lado que ella había muerto. Eso es. Que había muerto. No podía levantarse. Ni estirar el cuerpo. El dolor le doblaba por la mitad. La ausencia. El abandono. Porque *Él* también había dejado de ser *Él* para poder hacerla feliz a *Ella*. Para capturar su sonrisa. Tantas veces nos dejamos llevar por no decepcionar, por no afrontar un rechazo que forma parte de un camino que no podemos controlar. Aceptar que no le puedes gustar a todo el mundo. Que las almas son libres y batean sus alas con todo el peso del agua. En busca de la aprobación, nos vamos quitando capas que nos explican. Lucrecia Richmond, mi personaje en *El abuelo*, la película de José Luis Garci basada en un texto de Galdós, le decía a Fernando Fernán Gómez y a su conde de Albritz: «¿Por qué siempre intentamos cambiar a las personas que amamos?». Y cuando cambian y dejan de ser aquel ser maravilloso que conocimos, les reprochamos todo lo que han perdido. Qué ganas de controlarlo todo, cuando sabemos que en la falta de control están los sueños, y la ilusión, y los ataques de risa. Pero siempre hay alguien a quien le parece regular lo que haces y además se preocupa por hacértelo saber. Una opinión siempre es horrorosa, decía Pessoa, incluso cuando no es sincera. Pero hay quien predica que la sinceridad es un bien casi sagrado que hay que practicar hasta sus últimas consecuencias. Aunque esas consecuencias sean tu insomnio o la sombra de tu autoestima. Da igual. La verdad es la verdad. Aunque se yerga sobre tu cadáver. Lucrecia Richmond cometió la locura de enamorarse de quien no debía. Porque la pasión es como un huracán que se lo lleva todo por delante. Lo que otros han establecido y lo que tú mismo has construido minuciosamente. Desea lo que tienes, decía Bigas Luna, porque la pasión es capaz de destrozarlo todo. Pero Lucrecia Richmond se enamoró de aquel pintor y parece que robó el honor a un pueblo entero. Que Dios (o su ausencia) nos proteja.

Hoy *Ella* sigue sola. Buscándose. Acostándose con quien menos se lo espera. Serena, con su ritmo y su soledad. En cambio *Él* ha vuelto a mutar. Ha vuelto a transformar el recuerdo de sí mismo en otra *Ella*, un nuevo corazón por el que apostar y por el que poder seguir. Y ahí camina, cargado con las nuevas mochilas que asume como si fueran suyas y que no le dejan moverse erguido. Aprender a estar solo. Respirar hondo y revisitar tu espacio vital con tus propias conclusiones. Sin nadie que te marque el ritmo. Reaccionar solo a tus impulsos, sin priorizar los de

los demás. Detenerte aquí porque te da la gana. Pararte a hablar con la gente que te cruzas porque te lo pide el corazón, tu corazón, porque te gusta hacerlo, te gusta escuchar su rutina, lo que comparten contigo. Los días son distintos. Y aprender a gestionar la soledad como algo lleno de oportunidades es tan fundamental como aceptarte tal y como eres. No hace falta justificar tus miserias con una generosidad sin límites. Como si la justicia universal le fuera a dar la vuelta a la tortilla. O sentirte útil solo porque cargas con las losas ajenas. Habría que reorganizar lo que pensamos de nosotros mismos para poder presentarnos ante los demás sin servidumbres. Sin reivindicaciones, pero sin servidumbres. Tantas veces afirmamos lo que quisiéramos negar, y viceversa, que parecemos nuestra caricatura. Yo soy experta en huir del conflicto. No me compensa discutir. Pierdo tal cantidad de energía que me quedo tiritando. Pero no estaría mal encontrar un equilibrio entre eso y dejarte arrastrar al otro lado del acantilado.

«No quiero que te vayas,
dolor, última forma
de amar. Me estoy sintiendo
vivir cuando me dueles
no en ti, ni aquí, más lejos:
en la tierra, en el año
de donde vienes tú,
en el amor con ella
y todo lo que fue.
En esa realidad
hundida que se niega
a sí misma y se empeña
en que nunca ha existido,
que solo fue un pretexto
mío para vivir.

Si tú no me quedaras,
dolor, irrefutable,
yo me lo creería;
pero me quedas tú.
Tu verdad me asegura
que nada fue mentira.
Y mientras yo te sienta,
tú me serás, dolor,
la prueba de otra vida
en que no me dolías».

PEDRO SALINAS, «No quiero que te vayas»

EL ABANDONO DE UNO MISMO

Cada uno va construyendo su propio abandono.
A veces para bien, otras para mal.

A veces, abandonarte significa olvidar tus prioridades, tus preferencias, tus costumbres. Y otras, abandonarte supone dejar paso a nuevas posibilidades en las que también podrías estar tú. Solo hace falta que te lo creas. La autodestrucción parece el peor de los caminos, pero el proceso puede producir mucho placer. Por eso es tan peligroso. Robin Williams dijo una vez que las dependencias nunca te dejan, y que cuando mejor crees que estás vuelven a atacar. El cerebro se encarga de asociar las ideas que te llevan a justificar cualquier conducta. Y ahí estás tú, otra vez, enredando. Perder la consciencia y el control absoluto de las cosas relaja el cerebro y te hace reír. Y quizá, cuando los problemas ocupan más espacio que la rutina, soltarlos en la inconsciencia tiene ese grado de liberación temporal que afloja la angustia y te hace sentir ligero durante un rato.

Si la factura no fuera tan alta, sería una perspectiva posible a tener en cuenta. Pero es impagable. Por eso hay que pensarlo dos veces antes de hacerse tanto daño. A lo mejor en la segunda vuelta consigues echar a correr. O a lo mejor no. No sé cuál es el factor definitivo que arrastra a aturdir el cerebro y a agitarlo como una batidora, pero he visto a las mentes más centradas, las más dotadas, las mejores perder la calma y la memoria una y otra vez. Quizá es (precisamente) la lucidez lo que se vuelve insoportable. Comprender. Cargar con la vacuidad de las respuestas y ver a los demás arrastrar sus fuerzas a codazos entre mediocridad y mierda, o viceversa, y no poder hacer nada. NADA. Porque en realidad no hay nada que hacer.

Más que seguir viajando a trompicones por un paréntesis. Tu paréntesis. Hace ya cuatro años que murió mi padre. Cuatro años. Tengo que pararme a pensar para distinguir algo. O a alguien. Un otoño de otro. Un invierno. *¿De verdad hace tantos días que no estás?* ¿Tantas noches? Leo crece sin tus consejos, sin tus libros, y yo le hablo mucho de ti, y hay una estrella en nuestro cielo que los dos reconocemos para poder darte las buenas noches.

Pero no estás tú. Y miro alrededor, y el mundo es extraño sin ti. Cerraste tu paréntesis y nosotros nos quedamos, con los ojos muy abiertos y una única posibilidad. Continuar. Hay ausencias que te hablan de lo que te falta. Porque la pérdida te coloca en un lugar nuevo. En el que, por fin, entiendes que nada vuelve. Ni siquiera tú mismo. Aquella persona que dibujaba un horizonte sin frenos y que juraba lealtad sin límites, la que se atrevía con todo y planeaba dar la vuelta al mundo varias veces, la que quería estudiar una carrera detrás de otra y vivir varios años en varias ciudades, la que se sentía libre por encima de todo y defendía cualquier postura desde la justicia y con beligerancia, la que guardaba sus libros como grandes tesoros intransferibles y era capaz de arañar por ellos, la que rompía a llorar ante un cuadro de Turner en la Tate Gallery, la gran amiga, la de verdad, la de siempre, la que era capaz de todo.

«No te quedes inmóvil
al borde del camino,
no congeles el júbilo,
no quieras con desgana,
no te salves ahora ni nunca,
no te salves,
no te llenes de calma.
No reserves del mundo,
solo un rincón tranquilo,
no dejes caer los párpados,
pesados como juicios son labios,
no te quedes,
no te duermas sin sueño,
no te pienses sin sangre,
no te juzgues sin tiempo».

Mario Benedetti, «No te salves»

Y esa misma, la que tú crees que eres, la que eras antes de empezar a entregarte a todo lo demás, es la que ahora no encuentras por ningún lado. Está, porque lo sabes, porque hay algún rasgo que es de ella y sigue ahí, y tú lo notas, y lo reconoces, y te tranquiliza, pero se esconde en algún agujero de algún pantalón con la costura descosida que hace mucho tiempo que no te pones, y que si buscas, no encuentras. En algún momento empiezas a asumir retos que en realidad solo fueron tuyos porque estaban en el camino, porque se dio por hecho que lo que el mundo esperaba de ti era conquistarlos, porque alguien lo consideró imprescindible, porque la supuesta normalidad estaba ahí, en hacer eso, porque sí, porque tocaba. Porque todo el mundo lo hace y tú formas parte de todo el mundo. O no.

Son pequeños abandonos los que las nuevas etapas piden a gritos. Para renovar siempre hay que dejar atrás varias posibilidades. Cuando empiezas a caminar despacio y a elegir los colores que mejor te sientan, andas por la vida pisando fuerte y con la respuesta en la punta de la lengua. Sabes lo que te gusta, lo que quieres, lo que no te apetece o lo que anhelas por encima de cualquier cosa. Crecer es asumir responsabilidades. Ir sorteando las curvas de la carretera. Y avanzar entre la culpabilidad y el miedo a perderlo todo. A dar un paso en falso. Una de las contraseñas de la madurez es aprender a perder. A renunciar. Día a día. Poco a poco. Y un día la frenada te coloca frente al espejo en una secuencia muda, sin texto. En la que el ruido de fondo está en tu cabeza, en una mezcla de cosas vividas y casi olvidadas, un zumbido. Y no te reconoces. O no te ves. Y algo te aprieta el pecho con fuerza, con una intensidad desconocida, que responde a la intuición de que no será fácil recuperar lo perdido. Es una cuestión de tiempo. De quitarle horas al sueño para llegar hasta donde te propones pero ninguna de las prioridades tiene nada que ver contigo. No son tus necesidades. Porque hace mucho que priorizas las necesidades de todos los demás, de todos los

que te rodean, de todos los que acostumbran a encabezar esa lista en la que no está tu nombre. Y lo tachas tú. Nadie más es responsable de hacerte desaparecer. Tú mismo vas borrando tus huellas y, cuando quieres volver sobre tus pasos, no puedes.

Pensaba en Leo. Mi hijo. Lo que más quiero en este mundo. No hay amor más grande que el que siento por cada uno de sus gestos, de su mirada. Ni mayor desconcierto. Porque la maternidad es algo inexplicable, y te cambia la vida de cabo a rabo. Es otra vida. Y hay que adaptarse a lo que propone. Hay quien sueña con ella y da forma a sus pensamientos y hay quien no. A veces la naturaleza decide el momento en el que deben ocurrir las cosas y tú tienes la osadía de enfadarte, o de sorprenderte, o de patalear. Como si fuera cosa tuya decidir tu destino. Hay pasos y hay zancadas, y ritmos y actitudes, pero también hay Dios o su mirada ausente que dirige la orquesta y cada flauta o el violín o la viola o el piano o la corneta. Naturaleza sabia impone reglas que nosotros procuramos bailar al son de nuestro juicio. Pero hay leyes de vida que no hay quien cuestione. Y punto. Tu vida cambia tanto que te buscas por los rincones. Ni siquiera esperas verte por allí, solo es la costumbre de volar sola la que te hace retornar a lugares que ya no te pertenecen. Tu pareja te observa de lejos, por si la miras de reojo. Eres consciente de todo pero no sabes cómo ordenar mejor el mundo alrededor y lloras o gritas o te compadeces. Informar a los demás de cómo tratarte antes de que sea tarde es una inversión de largo recorrido, y habría que hacerlo sin reproche, sin prisa, con ganas de avanzar en un panorama extraño pero a la vez tan conocido. Te preguntas por qué nadie habla del desorden que provoca tanta responsabilidad, sin instrucciones, por intuición, por suerte, por qué los grandes temas que necesitaríamos compartir se quedan encerrados en el estómago y a veces no puedes ni respirar, pero sonríes, porque tienes la sensación de que nadie va a entender que, con tu bebé en brazos, tú tengas ganas de llorar. Eso pasa. La emoción sube y baja, y te sientes feliz o desgraciada por la misma razón, y así pasan los días. Hasta que se ordena. Todo se ordena, porque tú eres otra. Miras con nostalgia a la que enseñó al mundo a vivir sin dar explicaciones, pero las das antes de que te pregunten, por miedo a sentirte culpable por lo que sea. Y ya está. Ya lo has hecho. Ya lo has vuelto a hacer. Lo has contado todo. Lo que pensabas. Lo que te apetecía. Quién te cae mal y a quién admiras profundamente. Y lo has contado antes de que te pregunten. Como si necesitaras justificarte por algo.

Un hijo. Un coche más grande. Quizá una casa con otra habitación. En otro barrio, con más verde. Cerca del colegio. Tu pareja te observa desde algún lado, y demanda atención, la de antes, la misma que le prestabas cuando estabais solos, la que ya no volverá. Cambian las prioridades. Y no es que tú no quieras dar, es que no llegas. La conciliación entre la vida familiar y profesional es una utopía cuya conquista no nos pertenece. Será otra generación la que se acerque, o la que lo consiga. Nosotros no. Nosotros lo hemos intentado por todos los medios. Nos hemos dejado la identidad en el esfuerzo de procurar llegar a todo y lo hemos conseguido a costa de desintegrarnos. De preguntarte dónde estás y no encontrarte por ningún lado. De no hacer nada por reconocerte por falta de tiempo y

«Todos tenemos dos vidas;
la verdadera, esa que soñamos
en la infancia y seguimos soñando,
adultos, en un sustrato de niebla.
Y la falsa, esa que vivimos en
convivencia con los otros,
la práctica, la útil,
esa en la que acaban por meternos
en una gran caja».

FERNANDO PESSOA

de capacidad para encontrar tu lugar. Tu espacio es el de todos. Pasan los días y nunca llegas a tiempo de hacer algo por ti. *Se hace de noche y no te ves*. No estás. O estás, pero a través del otro, de lo que das. Y eso te reconforta, y como te reconforta no acusas lo que se va acumulando detrás de un corazón tan entregado como ajeno a las consecuencias. Los problemas cotidianos exigen soluciones inmediatas que te llevan a desordenar las horas del día. Tus horas del día se van detrás de los pensamientos. El tiempo se aturde entre su vida y la nuestra, entre el ritmo de las agujas del reloj y nuestros deseos, siempre agazapados, por si bajamos la guardia, hartos de tanta contención. Hay demasiada información y las cosas importantes se sustituyen por las frivolidades más aplaudidas.

Caminamos entre esas nubes prácticamente acostumbrados a avanzar, como todo el mundo, con el ceño fruncido o una media sonrisa, útil para aplacar las preguntas que eres incapaz de afrontar. Abandonarse a uno mismo poco a poco parece la única posibilidad. Madurar implica dejar atrás y enfocar hacia delante. Si las personas (decía Pessoa) son del tamaño de sus sueños, olvidarlos puede borrar lentamente los rasgos de un alma que un día intuyó quién era. Y no hablo de abandonos violentos, en los que el cuerpo se desborda y la mente renuncia a la cordura, de abandonos que los demás perciben por la mutación de tu organismo y la dureza que devuelve el gesto de tu cara, sino de un desamparo que se acumula por puras desatenciones de ti hacia ti mismo. Para cumplir los pequeños y grandes retos de un trayecto poco claro, vas dejando pasar a los que parece que saben lo que quieren, y a menudo lo que quieren, o lo que no quieren, pasa por tus pequeñas cesiones. A veces diminutas. Casi un matiz, un gesto, una emoción. *Una idea.* Lo curioso es que

«Llega un momento en que es necesario abandonar las ropas usadas que ya tienen la forma de nuestro cuerpo y olvidar los caminos que nos llevan siempre a los mismos lugares. Es el momento de la travesía. Y, si no osamos emprenderla, nos habremos quedado para siempre al margen de nosotros mismos».

FERNANDO PESSOA

el otro también cede. Y lo hace constantemente. Porque en la convivencia tú también pisas las alas (y eso que en este punto seguramente no las usa, las tiene guardadas) de quien eligió la misma senda para caminar.

Las alas. Siempre me gustó ese símbolo para hablar de nuestras carencias. Para imaginar el milagro entre las nubes, en un silencio absoluto, sin tener que batirlas para recorrer el cielo. Un cuerpo ligero que casi flota y en el que los sentidos se empapan de un universo al que pertenecemos todos. Cerrar los ojos y formar parte de algo bueno, que te envuelve al ritmo de tu propia respiración. Parar. Quedar suspendido en un espacio amable que no te increpa, ni te ordena, ni te vende nada entre susurros. *Tú, contigo. Tú y todo lo demás.* Cumplir años. Sentir que formas parte de algo; al menos de ti mismo. Los buenos amigos guardan ese lenguaje y aquel sentido del humor. Solo uno de sus gestos, o su risa, te trasladan a algo interno, que vive más allá del estómago, y donde siempre te escondes. O esperas a poder salir en el momento adecuado. Por intuición, sabes que todo ha cambiado lo suficiente como para elegir con quién, y sobre todo, por quién vuelves. Los buenos amigos también se buscan. Hasta que te cruzas con ellos y todos recordáis vuestro nombre de pila. Con todas las letras. Todo aquello que recupera tu sentido merecerá la pena. Las emociones, en realidad, nos sitúan muy cerca de algo que nos permite sobrevivir. Cuando se descompensan, nos sacuden. Hay que volver a desentrañar la ecuación. Al no reconocernos, podemos escupir, culpar al otro, jurar desplantes y exhibir nuestra orfandad como una justificación a cualquier cosa. Podemos gritar y correr cabreados y en círculo, para volver una y otra vez al mismo sitio. Podemos jurar que nos largaremos de allí y los dejaremos a todos tirados en la cuneta. Como la responsabilidad siempre es de los demás, nosotros nos miramos desde la autocomplacencia, que resulta, por cierto, muy poco objetiva. Solo un buen enfrentamiento con tu victimismo te deja como nuevo. Y solo tú puedes sacudirte el polvo.

Hay algo que desgasta más que el paso del tiempo. Un poderoso estado de confusión que te permite sopesar varias opciones y ser consciente de que dejas algunas por el camino. **Dudar es una opción habitual** que aplicada a las conclusiones puede rondar a un ser humano inteligente y abierto a los cambios, pero que si está muy presente en la vida cotidiana, te deja sin energía. *En La vida en un hilo,* Edgar Neville nos mostraba la vida de ella con él, y cómo hubiera sido la vida de ella si, en vez de casarse con él, se hubiera enamorado de otro. Y ahí estamos, en pleno abandono, haciendo balance de futuribles y deshechos, como si pudiéramos volver a empezar. Pero la nostalgia es así, tramposa, nos lleva a pensar en el tiempo perdido como si fuera el paraíso y esconde el presente por algún lado. Hay cosas que no se olvidan. Amores que se recuerdan como si fueran solo tuyos. O imágenes de uno mismo que parecen de un extraño. La mente es un cruce de caminos y tú estás en todos. A veces te gustaría desaparecer. Sin hacer daño a nadie, solo para acercarte a lo que añoras. Quizá para comprobar que no estabas tan mal, ni tan lejos. Se acumula el cansancio, y no es la mejor manera de sujetar nada. Los ojos de la gente guardan desaliento, pequeños desmayos que remontan solos. Los proyectos, las ilusiones, son la luz de lo que queda por delante. Hay que buscarlos debajo de la cama, detrás de la puerta, a tientas, en los espejos, en las canciones, en los poemas, en los días de sol, o de lluvia, o de frío, en las noches de insomnio, en los templos, entre los árboles. En los demás. La amargura nos lleva a aislarnos, porque la risa del otro se te clava en el estómago como una osadía por su parte. El pensamiento en otro lado y la mirada al suelo. La sensación de impotencia y de cierta injusticia porque algo no va bien. Hay problemas concretos, pero si no los hubiera la desazón también se habría hecho un hueco entre tus latidos. Quizá más pequeño. Pero tendría su lugar. Lo decía Pessoa, el desasosiego; ese lugar tan común entre los mortales, cuya mente no cesa. Sujetarla sería la solución a tanta desdicha, tanta pena por nada. Pero no, la agitamos constantemente y echar el freno a una espiral de culpa y de ansiedad no es fácil. Giramos todos en esa rueda y ni nos miramos, por si acaso. En mi casa tengo unas alas blancas, se las compré a Leo para una función de Navidad. Me las pongo de vez en

«Me duele no sé
qué sentimiento que
desconozco; me falta un
argumento cualquiera
sobre no sé qué; no tengo
fuerzas en los nervios.
Estoy triste mucho más
debajo de la conciencia».

FERNANDO PESSOA

cuando. Y a todo el mundo le hace mucha gracia que yo me paseé con las alas como si tal cosa. No sé qué pensarán cuando eche a volar de verdad. No pienso avisar. Siempre vuelvo.

Abandonarse. Huir. Desatenderse. Descuidarse. Dejarse. A veces observo a los demás y me imagino dentro de su cabeza. Pienso que todo el mundo se enamora alguna vez. Que todos perdemos a alguien en el camino. Que alguna vez traicionamos y mentimos y nos quejamos y gritamos y tropezamos y nos arrepentimos de algo. El tiempo pasa más deprisa y se empeña en tatuarnos poquito a poco, por dentro y por fuera. Los gestos de rabia y de tristeza te cambian la luz de la mirada, y lo que nos preocupa se concentra en la frente y entre las cejas, entre la boca del estómago y el pecho. Todos tenemos un mal día y malos pensamientos. Cuando veo a alguien llorar no puedo dejar de mirar; me gustaría correr a contarle que pasará, que ese dolor también pasará, pero que a veces dura un rato y que normalmente hay que meterlo en algún lado para seguir con lo demás. *Y que en tu abandono está no hacerlo.* Tirar las armas a la basura y dejarte hundir en un suelo íntimo, muy personal; si te llaman no contestar y llorar en serio, con desconsuelo. Parte de tu gente emigrará lejos de tus gemidos, la costumbre de verte sonreír y tirar del carro les hará sentirse extrañamente vulnerables y querrán ordenar armarios, hacer la compra o segar la hierba del que no es tu jardín. Hay pilares que se tambalean con el dolor de quien más quieres y sales corriendo en dirección contraria. Esa soledad también es tuya. Y en las capacidades de cada uno residen nuestras diferencias. No vale todo. Pero cada uno hace lo que puede.

EL NIDO VACÍO

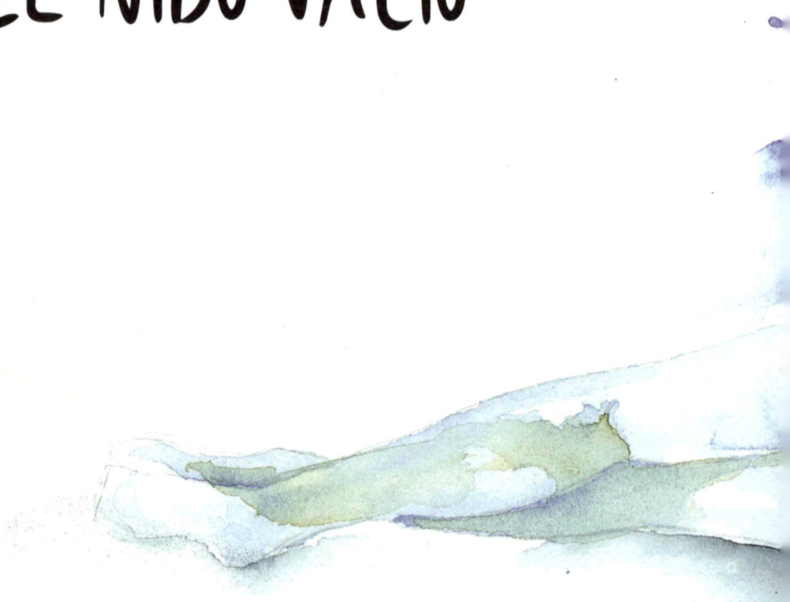

Un silencio sordo.

Una bomba que explota sin hacer ruido y llega hasta el último rincón.

Una margarita que se deshoja poco a poco hasta quedarse sin pétalos. No está muerta, pero se siente extraña. Más que sola. Mira a su alrededor y sabe que no es su tierra. El mundo no es el que ella recuerda; lleno de flores, sin malas hierbas. Un campo donde poder sembrar y recoger. Ya no hay nadie. Y a veces te despiertas diez, veinte años atrás. Se oyen voces, risas de niños, huele a café y a por la mañana temprano. La luz va mutando a otra temperatura y tú arrancas a vivir como cada día. Cuidar de los cachorros y abarcarlo todo es tu manera de entender tu utilidad, así que echas a andar otras veinticuatro horas. Quizá un instante, un momento (con miedo), se asoma a tu consciencia el exceso de obligaciones. Pero no te permites detenerte, no te conviene. Si escucharas lo que te dices al oído, podrías parar en seco. Y eso no está en tus planes. Detener la rueda se te antoja como volver a nacer. No sabes hacerlo de otra manera. Estar en el último lugar tranquiliza tu culpa, que siempre anda escupiendo a tus ganas de ser feliz. Qué tontería. Con un ratito de calma ya nos conformamos. Porque todo depende de ti. De que tú estés cansada o con energía, triste o de buen humor, llena de vida o con ganas de dormir durante cuarenta y ocho horas. *Si tú paras, se para el resto.* Al menos para mirarte extrañado. Sin entender nada. Quizá es un estado de ánimo en el que no te reconocen, una mala cara que les desconcierta y no saben bien cómo tratarte. Ante la duda prefieren no indagar por si no tienen armas para arrancarte de nuevo una sonrisa. Da igual. Será tan breve que es mejor no darle más vueltas. Volverás a correr. Es más extenuante defenderse desde un lugar emocional que debes explicar muy despacio para que alguien se atreva a sujetarte, que sujetarse sola. Acabas antes. Es lo que tiene parecer fuerte, que todo el mundo da por hecho que lo eres.

Es un lugar común. Mujeres supuestamente fuertes que navegan entre pantanos de agua y lágrimas estancadas. No dejamos salir las lágrimas a menudo, y levantamos fronteras para que nadie cruce nuestros propios límites. Para eso son nuestros. Es un lugar común, poder con todo. Ni un minuto para ti, ni media queja, ni un pero, ni un adiós. Con esa capacidad de echarnos la vida a la espalda y mirar de frente al destino. Y hay un momento en el que todo cambia. Una decisión clave. Un giro. Tener un hijo. O incluso más, formar una familia. Por la complejidad de la estructura y por la infinita responsabilidad. Con muchos pilares que construyes por intuición y que sujetas con mucho empeño. Te entregas a la causa como si el juicio final dependiera de tus errores. Y no te permites ni medio, no vaya a ser que tu propio juicio te impida la autocompasión. Hay tal necesidad de afecto y de aprobación que solo las malas caras te desestabilizan profundamente. No eres capaz de aislarte y continuar con tu crite-

rio a pesar de las muecas de rechazo. Una sola opinión negativa tiene más peso que muchas positivas. Así que arramplas con todo a grandes zancadas, para no volver a frenar. Un día detrás de otro pasa el tiempo, un día detrás de otro, como una rueda. Y ahí vamos nosotros rodando por los años aceptando mochilas que se van llenando y que cargamos mientras cruzamos cada puerto, con total normalidad. La entrega absoluta cada día de nuestra vida. *La meta es clara: llegar a todo. Pase lo que pase.* Compites contigo misma. Es una cuestión de superación. Pero no es un objetivo, es un proceso en el que te ves envuelta y abocada a la autoexigencia. ¿Y el tiempo perdido? El camino de Swann lleva inevitablemente hasta algún acantilado. Pero no siempre iremos acompañados. Porque los hijos, los que vienen a este mundo a través de nosotros, a los que amamos por encima de todas las cosas, por encima de nosotros mismos, sobre nosotros mismos, esos seres humanos que construyen su identidad en nuestro regazo y a quienes cuidamos mejor o peor, cuya actitud ante la vida dependerá en gran parte de lo que le podamos transmitir de ella, de lo que mame en ese núcleo familiar que hemos creado, los hijos, cargarán su alma de inquietudes, te darán un beso en la mejilla y pasarán de largo.

Tu afecto y refuerzo positivo serán su firmeza y su fuerza de voluntad. Desde que llegan a este mundo y ya te resulta extraño poder marcharte a casa con él en brazos, así, de pronto, sin una lista de instrucciones sobre qué hacer con ese bebé que ya sabes que te va a cambiar la vida. El amor sin límites que te atrapa no te va a dejar perder el tiempo en otras cosas que ya pertenecen a otra etapa de tu vida. Así que volvamos a esta. A la abducción absoluta, a un estado de enamoramiento constante que nos impide ser objetivos, neutrales y asertivos, y que nos va a llevar a la ruina. Les daremos lo que pidan incluso sin pedirlo, curaremos sus heridas, les dormiremos, espantaremos sus miedos y aguantaremos despiertos hasta que recuperen el tono y el color. Coseremos sus ropas y amaremos sus errores, tararearemos melodías de infancia y volveremos a celebrar la Navidad. Volverán el Ratoncito Pérez, las tardes de parque y los deberes. El enemigo. El averno de las familias. Un agujero negro en el que manoteamos buscando una salida y en el que los niños van aprendiendo a perder la sonrisa. Después de ocho horas de colegio y alguna extraescolar, llegan a casa sintiéndose culpables antes de entrar por la puerta. Los días son muy cortos. Y el verbo jugar pertenece a una jerga antigua que se utiliza solo a ratos los fines de semana. Los niños, ahora, tienen que aprender a manejar presiones y varios idiomas, a hablar en público y a darle a las palabras una doble intención, un cinismo útil. Aprender a endurecerse, no vaya a ser que la inercia del sistema les tumbe antes de empezar a hablar. En fin. Otros tiempos. Se cambiaron las chapas por las consolas y los libros por los youtubers como referentes. Otros códigos. Pero el mismo cordón umbilical con lo que significa la familia. Con la composición que sea, la que tenga. Los que revolotearon siempre alrededor protegiendo a sus cachorros. Ladrando a sombras desconocidas y calmando las ganas de llorar.

Las casas, casi todas las casas, solo tienen sentido cuando están llenas de gente. Cuando los niños corren por el pasillo, cuando se cocina y huele a comida, cuando hay que sacar al perro o hay peleas por ver a quién le toca fregar los platos. La tele puesta, el salón sin recoger y tu habitación llena de amigos. Los desayunos, la merienda, las camas deshechas. La vida a medio camino. Las casas son la gente que las habita. El olor de esa gente, el amor de esa gente. *Las casas somos nosotros,* y cuando nos vamos, desaparecen. Quedan los muebles y las paredes y las señales y las fotos, los cajones, los papeles, los altillos. Y un silencio sordo, redundante. Con todas las risas, las sonrisas, los llantos, las caras de ternura, las ideas, los detalles, las iras, las pasiones, los asombros, las sorpresas, el talento, la brillantez, el carisma, los besos con lengua.

Como un silencio sordo. Así late el nido vacío en tu cabeza. Un silencio que solo se rompe por un crujido en la madera, gotas de lluvia o una conversación. Si en el recorrido has llegado hasta aquí acompañado, puede que la conversación te pertenezca o si no, ni siquiera será tuya. Desaparece la rutina. Las razones. Los impulsos. Yo había cumplido dieciocho años y mi madre encontró un ejemplar del periódico *Segunda Mano*, doblado por una página en la que había varios anuncios destacados con un color naranja fosforito. Lavadoras de segunda mano. Me iba de casa, había alquilado una buhardilla en Chueca, en la calle Pelayo, y buscaba una lavadora de segunda mano. Mis hermanos son mayores que yo, mi hermana Natalia se había casado y Fer, mi hermano, vivía con su mejor amigo, el periodista Javier Espinosa (para nosotros «el canario»). Por el pasillo largo de casa de mis padres solo quedaba yo. Pero yo trabajaba desde los quince años, y estudiaba, y había decidido echar a volar. Recuerdo a mi madre llorando desconsolada en la cocina con el periódico en la mano. Nos abrazamos. Y le anoté en una esquina del anuncio mi nueva dirección. Mi padre estaba trabajando en Barcelona. Y el nido se quedaba VACÍO. Con mayúsculas. Ley de vida, esa expresión que debería explicarlo todo y que no explica nada, pero que aporta un lugar común en el que bailan nuestras conversaciones cuando nadie llega a ninguna conclusión. Hay que seguir. Eso lo sabemos todos.

Luchas para que tus hijos vuelen solos, inviertes en hacerles fuertes y capaces de amar y perdonar, de elegir y soñar. Crecen y cumplen los planes que habías trazado para ellos, pero en cada paso hacia su libertad, madura la consciencia de lo que queda atrás para siempre. Ya no hay uniformes de colegio, ni gomas de borrar, ni camas nido. Ni fiestas a escondidas, ni exámenes, ni profesor de inglés. Nadie sube y baja por la escalera, ni pide la merienda a gritos desde el jardín. Es otra vida. De nuevo es otra vida. En una sociedad que vive de espaldas a los cuidados, conviven mujeres que han puesto en práctica su libertad por inercia, dejándose llevar por unos acontecimientos imparables, o con una férrea voluntad de labrarse su propio camino y optar por una realización personal y profesional.

Las generaciones que hemos crecido hijas de una libertad y unos derechos conquistados por nuestras madres, por nuestras abuelas, intentamos encajar las novedades como podemos. Hay quien reacciona a la ausencia en casa de la figura materna y opta por reivindicar su derecho a tener hijos y cuidarlos las veinticuatro horas, sin más. Y sin menos. Y hay quien pone en práctica el ejemplo que vio de intentar combinar la vida familiar con una entrega profesional normalmente desorbitada. Todo a medias. Y todo (al menos en el plano emocional) regular. Porque los cachorros se tienen para criarlos, no para que te los críen los demás. Pero parece que la liberación de la mujer pasa por salir de ese hogar que durante décadas la mantuvo encerrada no como opción, sino como única posibilidad. Y que hay cierta asociación del concepto de encierro y sumisión con el del cuidado de los hijos. Una confusión que nos está saliendo muy cara. A nosotras y a ellos, que sufren nuestro agotamiento, nuestra constante insatisfacción, el reproche y la ausencia de un rol más concreto. *Los padres*. Esos hombres que buscan su lugar en el mundo procurando combinar las costumbres y nuestros deseos con un constante juicio paralelo y miles de ojos sobre su nuca. El mundo les cuestiona. Como a nosotras. Y todos hacemos lo que podemos.

Sea cual sea la opción, *el nido se quedará vacío* y tus hijos volarán hacia otro lugar. Hacia otro nido. Todo genera contradicciones. No trabajar fuera de tus cuatro paredes permite multiplicar tu atención hacia quien más te necesita, canalizar tus aptitudes en una sola dirección. La dedicación a los demás. No hay nada más reconfortante que hacer el bien a quien amas. Nada más grato que provocar la sonrisa de quien proteges. Pero quizá en esa entrega faltes tú. O quizá no. Trabajar fuera te hace sentir culpable por casi todo, y cuando llegas tarde, a veces también te sientes fuera del dibujo. Un dibujo que hacen sin ti, porque no estás, y no estás precisamente para que ellos puedan seguir dibujando con los mismos lápices. Pero el caso es que no estás, y cuando llegas (tarde) no cabes en el dibujo. Y otra vez

tie-
nes ga-
nas de llorar.
Ahora, mientras re-
flexionas sobre qué hacer
con tu tiempo, hay que acos-
tumbrarse a que no te necesi-
ten. Ya saben atarse los cordones
de los zapatos y las parejas ocupan
demasiado espacio. Toca esperar a
que suene el teléfono para que cuen-
ten contigo. Toca diseñar un plano en

«Tus hijos no son tus hijos.
Son hijos e hijas de la vida deseosa
de sí misma.
No vienen de ti, sino a través
de ti y aunque estén contigo
no te pertenecen.
Puedes darles tu amor, pero no
tus pensamientos,
pues ellos tienen sus propios
pensamientos.

Puedes hospedar sus cuerpos,
pero no sus almas,
porque ellas viven en la casa
del mañana, que no puedes visitar
ni siquiera en sueños.
Puedes esforzarte en ser como ellos,
pero no procures hacerlos
semejantes a ti,
porque la vida no retrocede
ni se detiene en el ayer».

KHALIL GIBRAN, «Sobre los hijos»

el que solo estás tú. Y no sabes ni cómo empezar a hacerlo. Cómo sentirte útil en una realidad en la que no conoces las prioridades. Te las cuentan, pero a medias, por miedo a que emitas juicio, o por precaución. Cuál será ahora el motor de tus movimientos, la fuerza que empuje tus días hacia adelante, el nombre que te saque de dudas y te ponga en órbita sin necesidad de preguntar.

Era una mañana cualquiera. Algo le apretaba el pecho con más peso que su propio peso y no se movía. Sabía que romper a llorar la hubiera elevado por encima de sus certezas, pero no podía. Respiraba poco, porque no entraba el aire por ningún lado. Sus hijos estaban bien. Sanos y llenos de planes. Pero tuvo la sensación de que daba igual que ella se levantara de esa cama. Nadie la esperaba. Llevaba casada treinta y seis años, y hacía diez que el más pequeño se fue de casa. Diez años reinventando las horas del día, de sol a sol. Sin nada de qué hablar. Cruzando palabras cortas con aquel hombre tan serio. Alguna vez sonreía, pero poco. Sonreía poco. Estaba enfadado con el mundo. Tantos años trabajando y tan pocos placeres. Le hubiera gustado dar a sus hijos tantas cosas que no había

podido darles, que no se detenía en lo que sí había conseguido. La rabia le corría por el estómago. No siempre, pero sí lo bastante a menudo como para estar habitualmente de mal humor. Y ella tenía que andar con cuidado para ver qué decía o no decía, para ver cómo manejaba los temas sin tocar el detonador que podía hacer estallar aquella bomba de relojería. Casi todos los días eran iguales. Los cambios de clima marcaban la diferencia. Caminaban una hora por los alrededores, hacían la compra de la comida, ella la cocinaba, comían, veían la televisión, dormían, ella cocinaba, cenaban, veían la televisión, se acostaban, dormían.

De vez en cuando sonaba el teléfono y eran ellos. Sus hijos. Uno de sus hijos. El padre escuchaba de lejos la conversación, atento a las palabras. Si ella regresaba al sofá despacio, con la mirada perdida en algún rincón del

suelo, entonces él deducía que nadie iría a comer ni a cenar a su casa al día siguiente. Ni en los próximos días. Si ella sonreía y tarareaba aquella canción de cumpleaños, sabía seguro que uno de sus hijos pasaría pronto por allí. Aquel día ella se fue directa a la cocina, a hacer el bizcocho que desayunaban los domingos. A su hija le gustaba que la casa entera oliera a ralladura de limón, a naranja y a canela. Y siempre tenía algún bizcocho hecho, por si llegaba sin avisar, para darles una sorpresa. Su hijo había dicho que quizá iría a comer con ellos al día siguiente, que estaba muy agobiado de trabajo, realmente saturado, pero que lo iba a intentar. Tenía muchas ganas de verlos. La madre pasó la tarde cocinando. Hizo las lentejas, con el sofrito de tomates y chalotas muy picaditas, y el arroz con leche con la rama de canela y la corteza de naranja, como a su hijo le gustaba. Sacó unas cajas de su habitación y cambió la colcha y las fundas de los almohadones por si quería echarse la siesta. Estaba siempre tan cansado. Tenía demasiado trabajo. Siempre con ese teléfono en la mano, de guardia, como un médico.

Ella se fue a la cama tarde porque quitó de en medio los cuadros y la ropa que había para coser allí, encima de la mesa; quería terminar los bajos de los pantalones y colgarlos en el armario. Pero siempre quedaba algo por hacer. Siempre hay algo pendiente así que mejor no quedarse enganchado en superar eso. Esa noche se acostó tarde. No se podía dormir. *Recordaba otras noches,* cuando ellos eran pequeños, en las que había menos silencio. Pero en algún momento se debió de rendir, porque cuando se despertó él ya se había levantado; solía pasear temprano antes de desayunar para activar la circulación de la sangre, decía, y luego se sentaba en el sofá de la esquina del salón, el que estaba cerca de la ventana para poder mirar la calle, el resto del día.

Esa mañana había bajado temprano a cambiar el coche de sitio para que su hijo pudiera aparcar y no diera muchas vueltas a la manzana. Le daba miedo que esa dificultad le quitara las ganas de volver. La madre le preparó un café con tostadas, le dio un beso en la mejilla y se puso a fregar el suelo de toda la casa. No era grande, ni estaba sucia, pero a ella le parecía que era un suelo viejo y que recién hecho cambiaba hasta de color. Se quitó el pijama y se vistió despacio, con dos o tres mariposas en el estómago y una idea: planchar el mantel blanco. Llevaba mucho tiempo en el armario y así no, así no podía ser de ninguna manera. Se vistió despacio, cogió unas monedas del cenicero, bajó a por flores, planchó el mantel, puso la mesa para tres, sacó las lentejas y el arroz con leche de la nevera y se sentó a esperar. Miraba el reloj cada dos o tres minutos. Cuando solo quedaban diez minutos para las tres de la tarde, sonó el teléfono. El padre inclinó la cabeza y apoyó la mirada sobre sus zapatos. La madre arrastró los pies para llegar a cogerlo y: «¿Diga?», «Mamá. Mamá soy yo. Que al final no voy a poder ir. Estoy muy agobiado con el trabajo. Os llamo esta noche. Os quiero. Un beso».

Un silencio sordo. En las pareces. En el cielo. En el mantel blanco y en las flores, en el sofrito y la canela, contigo y conmigo. Dicen que los muertos siguen vivos en la medida en que los recordamos. Los vivos también. Los vivos seguirán entre nosotros en la medida en que los necesitemos. En que nos necesitemos.

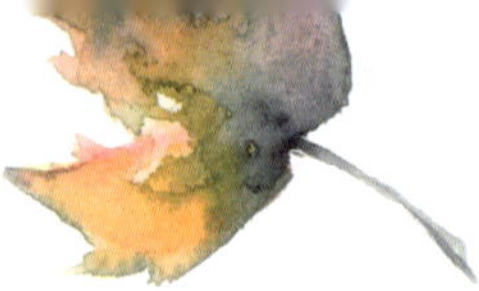

LA VEJEZ

La vejez. Ese puerto al que llegamos todos y que nos parece tan lejano.
Tan improbable.

¿En qué momento se me escapó la vida? ¿Cuándo desfiló el mundo por delante de mis narices? ¿Cuándo fui cambiando de color o consciente de que esto también se acaba? Un cuerpo para toda una vida, una máquina que funciona más o menos bien durante años. Unos años en los que vivimos de espaldas a un horizonte que en realidad se perfila como la única posibilidad. Aunque nosotros jugamos a las cartas como si nadie pudiera verlas. Y sabemos que todo el mundo las conoce. Porque son las mismas. Nos olvidamos de ellos como si no tuvieran nada que ver con nosotros, como si en realidad nuestros pies fueran a encontrar algún atajo por el que acortar distancias con una solución secreta a nuestras peores pesadillas. Me decía Antonio Isasi, gran sabio, uno de nuestros directores de cine más adelantado a su época, que solo se acordaba de su edad cuando se miraba al espejo. Porque por lo demás, la voluntad, las ganas, la intuición, las ideas, los sueños, la agilidad mental, las risas, los latidos, el amor, la memoria, los días, los planes, los amigos, la vida alrededor, por lo demás, el mapa era el mismo. Pero el tiempo había pasado y el mundo le miraba de otra manera.

A veces me acerco lentamente a la mirada de mi madre, y veo ese color violeta alrededor. Un color que rodea el marrón de sus ojos como si hubiera estado allí toda la vida. Un color transparente y una línea muy fina. Mi padre también la tuvo. Es como si parte del alma se asomara para ver lo que hay fuera. Y fuera estamos nosotros, que no podemos ni intuir lo que se siente cuando llegas al final de la aventura y tus capacidades empiezan a fallar una detrás de otra. Cuando vives con miedo. Con miedo a que la propia vida no te responda como hasta ahora. Por una enfermedad. O por dos. O por tres. Porque puede fallar cualquier cosa. Desajustes que vas paliando poco a poco. Y cuando te das cuenta, tienes delante una bandeja llena de pastillas que coordinan cada una de tus funciones.

Pensaba en ella. En mi madre. En los días de lluvia, sola en casa, en esa casa en la que crecimos todos, con la cabeza llena de recuerdos y la piel sin ganas de seguir. Sesenta años maquillándose frente a un espejo, recibiendo manos extrañas que dibujan sueños de otros. Personajes que cobran vida en tus entrañas y que hoy solo son premios en las estanterías, aplausos sordos y párrafos perdidos en algún rincón de la memoria. La vejez es un puerto acorralado al que acercamos el barco entre suspiros. Supongo que el cansancio de recorrer tanto camino te lleva a desear sentarte y observar a los demás con cierta resignación. Con calma. Conociendo ya parte del desenlace de sus vidas. Callando para no cambiar el curso de las cosas. Sonriendo por dentro y a veces por fuera, porque la sabiduría te da miles de datos que tú manejas, y el otro no. Saber de qué va esto debería darte un valor sobre cualquier otra moneda de cambio. Debería traducirse en un poder que hiciera aplacar las furias de los demás y que las transformara en un respeto profundo, casi sagrado, por aquellos que ya han sido capaces de transitar por este planeta con más o menos suerte pero con el suficiente empeño y perseverancia como para haber llegado hasta aquí. Si

además esa persona destaca en algo, y ha tenido la astucia de saberlo pronto, entonces intentará profundizar, formarse y dedicar más tiempo a investigar sobre cómo crecer y vivir de ello. Y a ser posible, bien. Recuerdo que mi padre dejó de coger su coche porque le insultaban. Literalmente. Si cometía algún error siempre había cerca algún conductor mucho más joven que le recordaba que era un viejo inútil que ya no tenía derecho a estar ahí. Y una tarde le vi salir muy triste del ascensor de su casa. Yo estaba esperándole con la puerta abierta, y entró sin darme un beso. Sin sonreír. Con la mente en otro lado, lejos de allí. «Ya no vuelvo a conducir», me dijo. Y a partir de ese día y hasta que ya no pudo moverse, bajaba la cuesta andando, muy despacito, hasta la parada del 82, un autobús que le acercaba hasta la puerta del ambulatorio donde iba cada dos o tres días a ver al médico. No es fácil sentir la decadencia dentro de un cuerpo que te ha acompañado toda la vida. Mirarte al espejo y pensar, soy yo, debo de ser yo, pero no me acompañan las fuerzas para asegurarlo, porque, si fuera por mí, si fuera por las ganas de vivir de esta voz que está dentro de mi cabeza, correría hasta tus brazos, te besaría, bailaría hasta el amanecer, haría ese viaje que tengo pendiente y me enfadaría por tonterías, como siempre, como siempre he hecho. ***La soledad de sentir soledad.*** Profundamente. Porque no hay soledad tan sola como la del final de la vida. La de la consciencia de que nunca va a ser mejor que ahora, de que termina el cuento y esto es todo, amigos. Porque hay quien es capaz de vivir en el lado positivo de las cosas, quien consigue disfrutar sin cargar con las consecuencias, quien consigue disfrutar sin consecuencias y con todas sus ganas, y quien decide ser profundamente infeliz. Y esta versión es terriblemente tóxica para el mundo alrededor. Compartir quejas y hacer culpable a los demás de tu dolor es el arte de unos pocos. Pero los que lo consiguen hacen polvo al resto. Es una capacidad asombrosa para crear tensión y culpabilidad, con grandes matices, siempre haciendo sentir mal al otro, porque jamás prestó atención a cómo tratarte. Qué valor. Exigir nada a nadie. Con lo bien que estamos solos. La compañía solo merece la pena si suma.

Si resta, no. Y la mayoría de las veces resta. Pero la falta de autoestima no te deja convencerte de que puedes caminar sin apoyar

la cabeza en cada hombro. Si volviéramos a nacer, no dudaríamos en mostrar nuestra capacidad para ser asertivos, pero, como no lo haremos, nos vamos a la tumba odiando a medio mundo. Y el otro medio se salva porque no se cruzó en nuestro camino. La vejez te da la lucidez para sentir que puedes decir y hacer lo que te da la gana. Porque ya no tienes nada que perder. Como mucho, confiesas a los demás lo que piensas de ellos para que reflexionen cuando te vayas. Si es que te importa lo que piensen de ti. Que seguro que te importa porque, como decía Billy Wilder, nadie es perfecto. Y en esa imperfección llegamos a la vejez. Sin entender nada. Porque más vale irse antes y mejor, que quedarse a rastras y dependiendo de los demás. Pero eso no se sabe. Solo se desea. Marcharnos pronto y sin sufrir, por favor, no humillándonos hasta el último suspiro. Que es tal cual, un último suspiro. Leve, casi inexistente. Pobre anciano, deseando largarse y sin poder hablar. Sin poder comunicarse. Después de tanto esfuerzo, de un camino tan largo, y no poder llegar a los oídos de nadie. Él retorciéndose de dolor mientras los demás deciden la intensidad del analgésico. ¿Y de qué hablan, de qué se ríen, por qué discuten? Estoy vivo, ¿me oís? Qué angustia. Es como gritar debajo del agua. La verdad es que pasamos gran parte del camino intentando hacernos entender y comprendiendo a los demás a pesar de todo. Soñamos poco, porque los sueños acaban pareciendo una ironía algo naif y traicionera. **Como la nostalgia.** Que te hace creer que lo que sientes es reconfortante cuando en realidad se te está clavando como un cuchillo. Tengo la sospecha de que llegas a la vejez de golpe, por las buenas, te levantas un día y comprendes que has llegado al lugar al que llegaban los padres de tus amigos y que tú observabas de lejos con ternura, o con compasión. O con desprecio. Porque hay edades que se atreven a mirar a la vejez con desprecio, como algo podrido, poco claro. Tengo la impresión de que la llegada es tan brusca que te pilla desprevenido. Porque no es lo mismo sentir cansancio, o torpeza, que no poder levantarte de la cama, o no poder respirar, o retorcerte de dolor y no saber cómo aplacarlo. Siento que el afecto es la única forma de sobrevivir al desastre. Que la calidad de vida pasa por recibir amor del bueno y eso solo es posible si tú has amado bien. Y la soledad de la vejez también tiene que ver con eso. Porque no vale todo y, si no hay una justicia universal que nos ampare, sí hay resultados que nos esperan a la vuelta de la esquina. Conceptos tan peregrinos como la generosidad o la dulzura, o costumbres como dedicar algo de tiempo a los demás, o escuchar de verdad, o no hablar de ti mismo como respuesta a cada confesión o muestra de confianza. El tiempo. Parar el tiempo en cada cosa. Dilatar segundos que tirarías al suelo sin querer, manoteando entre explicaciones y malos entendidos. Pararlo para valorar al otro. Para demostrarle que te interesa lo que dice. Pararlo para percibirlo, para plantarle cara a aquello que te da más rabia y te genera más dolor: el paso (inconsciente) del tiempo. Y no es cuestión de plantearse manejar las bondades con un manual de causa-efecto, porque no lo hay y porque la vida es muy larga (o muy corta) y poco previsible, pero sí de saber que pocas cosas son tan fértiles como el afecto bien cultivado y que nadie se libra de este conjuro. Te llevas lo que dejas, y como dice Thornton Wilder en ese texto que tanto me conmueve, *Nuestra ciudad,* solo mientras te recuerden seguirás entre nosotros. Pero antes de irte con los bolsillos llenos de la ternura que has repartido, tienes que llegar a un puerto y elegir un pantalán donde dejar reposar tu barco, viejo, cargado de historias que contar. Y allí, atracado, recibirá tantas visitas como almas se quieran acercar a acompañarlo.

La soledad, en la vejez, coge confianza. Sabe que nadie la cuestiona y que por mucho que los demás se empeñen en aturdirla, hay ciertas cosas en las que ella es siempre la mejor. Porque hay lugares a los que nadie te acompaña. El desgaste te va mermando las fuerzas y arrastras tu pena a la vez que los pies, o las entrañas. Miras las fotos de entonces como si se tratara de otra vida. Y quizá lo sea. Todo muta y aquel que aparece en esas imágenes tiene muy poco que ver contigo. Ni siquiera los recuerdos coinciden. Y observas al que pasea su juventud como si besara a la eternidad en los labios, sin dejarla respirar, como a un imbécil. A quién se le ocurre. Andar por ahí pensando en ti. Andar por ahí sin saberse la letra de las canciones, sin estribillo, como si fuera la primera vez que escuchas el tema. Con la certeza de que el camino es infinito y de que el que no llega es porque no puede.

«En el fondo de nosotros mismos
siempre tenemos la misma edad».

Graham Greene

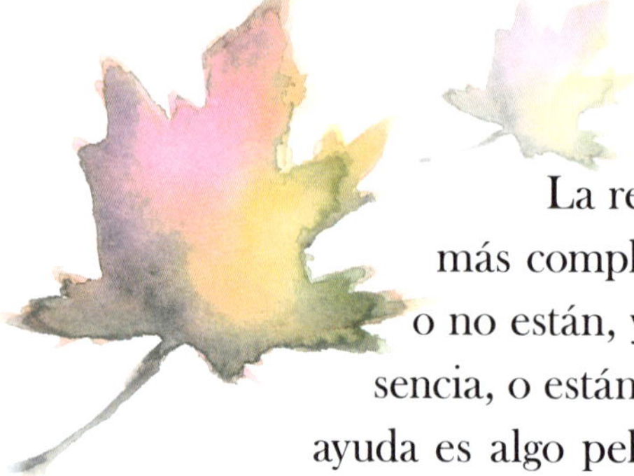

La relación con los demás se vuelve más compleja que de costumbre. Porque, o no están, y justifican intensamente su ausencia, o están y quieren ayudar. Pero ofrecer ayuda es algo peligroso. Tanto como pedirla, o aceptarla. Parece que se establece una relación con deudas, al menos emocionales. Y la relación se resiente. Porque si hay deudas hay exigencias y si hay exigencias hay reproches y si hay reproches se vulnera la confianza. Y si se vulnera la confianza, algo se rompe para siempre. Así que aquellos que son tu familia, a los que has entregado parte de tu vida, por ayudarte o por no hacerlo, se están equivocando en algo, seguro, y tú, que te sientes atrapado, con una falta de autonomía asfixiante, no eres capaz de valorar el esfuerzo que implica esa ayuda sino solo de ver el peso de las ataduras a las que te somete, y ellos, que pretenden mejorar las cosas y quizá estuvieron torpes en el proceso, se sienten perdidos ante tu imagen de vulnerabilidad que se les clava en el alma, y porque realmente no saben cómo acertar. Observan la vejez con más cercanía que antes, pero todavía entornan los ojos para enfocarla de lejos, como los miopes, porque aún no les pertenece.

Y todavía, a pesar de que las lecciones son muy claras, y de que jamás han visto volver a nadie de aquel pantalán, no acaban de creerse que algún día tendrán que interpretar personajes mucho más arrugados y torpes que los de ahora. El equilibrio es un estado de gracia. Es lo que siempre nos falta por conquistar. El paso que queda por dar para cumplir cualquier reto. Su ausencia nos produce desasosiego. Y una impotencia difícil de ubicar. Parece que la vida es una cuestión de resistencia. De perseverancia. De seguir ahí cuando los demás no pueden más. Cuando todo alrededor se derrumba. Cuando los que corren a tu lado se han parado a beber agua y tú continúas. De resistencia y de actitud. Porque de nada serviría

resistir quejándote del esfuerzo. Parece mentira, pero la gente que queremos a nuestro lado es la que no agita nuestro desconcierto. No juzgar forma parte del aprendizaje y ponerlo en práctica trae grandes recompensas. No estoy segura de que pensar en uno mismo sea la manera de protegerse, pero tampoco sé si hay que priorizar al otro pase lo que pase. No hay truco. Ni norma. Pero unos trazos claros parece que sí ayudan a convivir en un mundo de locos. Porque todos sabemos lo que nos hace sentir mejor. Y poco a poco nos atrevemos a elegir. A rechazar lo que nos perturba, lo que nos deja vacíos cuando se aleja. Por alguna razón, hay naturalezas que nos roban la esperanza. Esa ilusión que nos permite seguir. Por alguna razón, los demás no son todos, y hay personas a las que siempre quieres ver. Y otras que te exigen un esfuerzo mayor que el propio intercambio de opiniones, o de experiencias, o de emociones. Y si prestas atención al origen, sabrás que tu rechazo tiene que ver con la agonía de dar explicaciones. Porque quien te las pide es tan cercano que no se las niegas. Una y otra vez. O los consejos. Los consejos sobre lo que debes hacer o no. Sobre lo que haces mal, sobre todo. La sinceridad es un valor que hay que organizar por turnos. Colocarlo donde se debe. Porque en sí mismo puede tener ciertos riesgos. Consecuencias irreparables. Le pasa lo que al sexo, que está sobrevalorado. Y siempre tiene un salvoconducto para colarse en cualquier conversación.

Pensaba en la casa. Tu casa. En la que has vivido siempre y que por un motivo u otro tienes miedo a perder. Como si la posibilidad de irte de allí te acechara detrás de la puerta. Porque siempre hay alguien que te recuerda que ahora estarías mejor en otro lugar. Como si aquello ya no te perteneciera, como si tuvieras que defenderte de él. Y ese espacio no solo te pertenece: te define. Te nombra. Tu entorno forma parte de ti. Demasiadas cosas, demasiados momentos, demasiadas emociones compartidas que se quedan por los rincones y hablan de ti. De ellos. Que vivieron a tu alrededor y que ahora han volado a hacer su propia vida. O se han marchado para siempre. Hacia el gran abandono. Esa casa es tu recorrido. Y reconocer sus paredes te permite seguir en este mundo. Aunque a veces sería mucho mejor volar lejos, para no identificarte con nada. Para no ser nada de esos recuerdos. Para estar solo. Para intentar recordar quién fuiste alguna vez. Antes de los demás. Antes de tus propias exigencias. Antes de mirarte solo en ese pasillo o en esas habitaciones.

La vejez. Ese puerto tan frío. Sin olas. Donde el agua te devuelve el reflejo de alguien que te recuerda a ti. Como respuesta de un sistema al que has servido humildemente, sus hijos, los tuyos, los de los otros, te quieren poco. No cuentan demasiado contigo y, si lo hacen, es con prisas. Capaces de anular su cita con la comida hecha y la mesa puesta, se excusan con cualquier argumento que priorice lo que da resultados. La falta de tiempo. Un concepto que manejamos constantemente. Entramos por la puerta anunciando lo ocupados que estamos y lo pronto que nos iremos. Como si hiciéramos un favor con la visita. Escuchamos poco. Y no nos podemos ni imaginar lo que significa estar ahí. Supongo que se puede llegar de muchas maneras y que solo se puede sobrevivir rodeado de afecto por todos lados. Como una isla. Pero para eso tienes que haber sembrado cosas muy buenas. Y no siempre pasa. Cada uno hace lo que puede.

EL NAUFRAGIO

La entrega absoluta.
Desde el principio.

Una estructura que por fin ha priorizado la formación del individuo, en la que es obligatorio escolarizar a los niños desde los tres años. El niño se queda solo, en un entorno desconocido, lejos del calor de la madre y de la seguridad de su rutina, rodeado de niños como él, que lloran por volver. Volver a casa. A sus olores. Volver a ser el centro de un universo que le trata como la prioridad más total. Sí. Desde los tres años. Te arrancan de tu madre y te incluyen en un plan cerrado que durará toda tu vida. ¿Cuándo somos libres? Todo está decidido antes de empezar a andar. Todo claro. Todo en orden. Poco preparados para la diferencia. Mala aceptación del propio error y peor del error ajeno. Todo depende de los seres humanos que nos recojan en sus brazos y del amor que sean capaces de dar. Porque los niños se quedan con un extraño con el que pasan sus días mientras tú trabajas para pagarle. Y para sentirte libre, eso sí. E igual al otro. Ella o él. Depende. Miras atrás, y no ves nada. Ya no ves nada. Ya has doblado la esquina de la calle y no te vas dar la vuelta para verle llorar, no te vas a girar para que se te rompa el corazón en dos pedazos. No lo vas a hacer. Vas a seguir andando y lo vas a dejar allí, un día detrás de otro. Hasta que crezca.

Desde tan pequeños latimos determinados por los métodos, por lo bueno y lo malo, por las teorías, por las costumbres, por el legado, por sus sombras. Acostumbramos a pedalear con la corriente, conscientes de que salirnos de ahí nos ahogaría y por instinto, por supervivencia, vamos donde van los demás. Donde nos dicen que hay que ir. Porque si no, nos sancionan, nos señalan, nos cuestionan. Nacemos, peleamos, sufrimos, sonreímos de vez en cuando, lloramos, gritamos, estudiamos, nos examinamos, estudiamos, nos examinamos, estudiamos, nos examinamos, nos perdemos, nos encontramos, nos reproducimos, sufrimos, sonreímos, sufrimos, sonreímos, envejecemos, enfermamos y nos vamos. Más o menos duro, más o menos incómodo, pero siempre sujetos a unas normas que impone una civilización consciente de lo poco que puede confiar en sus inquilinos. Unos socios más o menos obedientes que recorren un camino amurallado y lleno de agujeros. En la agilidad para saltarlos está la fortuna de su destino y llegar muy lejos es cosa de pocos.

Nuestra querida sociedad de bienestar, también llamada sociedad de consumo, nos mantiene a raya. Mecanismos de información perfectamente calculados nos llenan la cabeza de datos que nos van creando la necesidad de consumir unos productos que nos aportarán, según ellos, ese bienestar que necesitamos y que pasa por obtener lo que ellos venden. El individuo y consumidor adquiere el respeto de sus hermanos si cumple las expectativas, así que a por ello. Merecerá la pena no ver crecer a tus hijos, con tal de sentir la aprobación a tu alrededor, la admiración del que tiene menos que tú y que te observa estupefacto. *Qué gusto. Ya eres uno más.* Empeñado hasta las cejas, productivo (normalmente para otros) trece o catorce horas de veinticuatro y exhausto, pero con la cabeza bien alta. Porque tú también trabajas desesperadamente para mantener el sistema. Y porque sabes que después de tanto esfuerzo y de tanta soledad, de tantos años de evolución, con revoluciones que han arrancado las malas hierbas y han impuesto la defensa de unos derechos básicos, tu sistema, el tuyo, te responderá si alguna vez no puedes estar a la altura. Lo sabes. Es un sistema fuerte, está preparado y lo habéis hecho entre todos los que sabéis que el bien común es tan importante como el espacio privado. Así que tranquilos. Podéis confiar en él. Y en ellos, aquellos que habéis elegido para dirigirlo, en un Estado que se protege a sí mismo repartiendo el poder entre autonomías que cuentan, cada una, con sus propios jefes. Una democracia en toda regla. Nosotros elegimos a quien nos protege y pagamos nuestros impuestos para que la nación tenga recursos y se pueda ayudar a los más débi-

«Alguien tenía que haber calumniado a Joseph K, pues fue detenido una mañana sin haber hecho nada malo».

KAFKA, *El proceso*

les. Todo bien. Los que se presentan a las elecciones para los cargos públicos tienen capacidad de sacrificio, ganas, fuerza de voluntad y una honestidad a prueba de bomba. Es una profesión que necesita a los mejores. Y ahí están. Dispuestos a entregar su vida por nosotros, los ciudadanos, los mismos que escuchamos atentamente esa información que nos crea la sagrada necesidad de consumir y de votar a quien mejor nos vaya a representar.

El dinero. El que recibimos por trabajar tantas horas todos los días. El que compartimos con los demás a través de los impuestos para que a los más desfavorecidos, a los que no supieron seguir, o no pudieron, a los que tienen peor suerte, a los que no han sido seleccionados para trabajar en una gran empresa y entregarle lo mejor de mis días, a los que se quedaron por el camino, a los que convi-

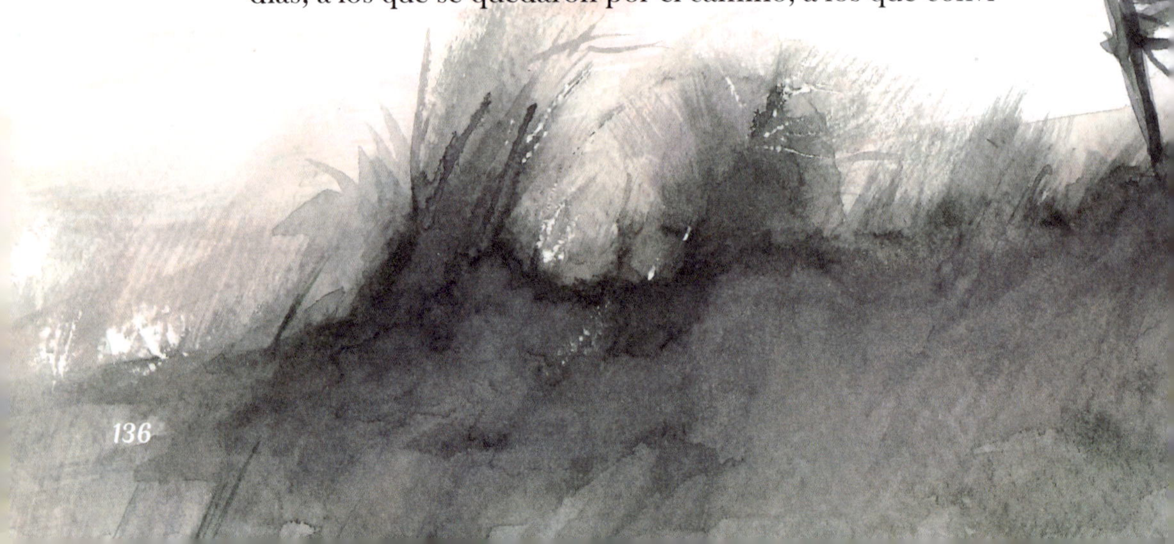

ven con una enfermedad que les impide trabajar, a los que no pudieron aceptar el dolor, a los que tienen las heridas abiertas, a los que están completamente solos, a los que no se creyeron lo de la vejez y les ha pillado el toro, a los que ven otras realidades y les encierran por ello, a los que no quieren crecer y también les encierran por eso, a los que crecen en los hospitales, a los que no crecen, a los que

pasan frío, a los que duermen en los aeropuertos, a los que pasan hambre, a los que dejan su país y a sus hijos a miles de kilómetros para poder cuidar de ellos, a los que no pueden volver, para que a todos ellos no les falte nunca nada de lo necesario para vivir. El mismo dinero que sirve para la construcción y el mantenimiento de hospitales, para hacer autopistas, carreteras, estaciones, puertos, aeropuertos, para sostener una sanidad y una educación públicas, para el pago de las pensiones y prestaciones de desempleo, para seguridad y defensa, para limpiar las ciudades, para el abastecimiento de agua potable, y del transporte público, en fin, ese dinero que te dan a cambio de tu tiempo y tu destreza y tus conocimientos y tu capacidad para aplicarlos en situaciones en que la verdad te lo exige y tu habilidad para optimizar tus aptitudes es tan valiosa como tus mejores dones. Ese es el dinero que el sistema custodia en sus arcas por encima de su propia existencia. Y de la nuestra. Porque sin su buen uso se derrumbaría todo lo que hemos acordado y planeado y pactado y prometido y firmado. Está a salvo. Sabemos que nuestros hijos podrán contar con nosotros. Con un legado que nos ha costado generaciones construir, desde la oscuridad y la falta de libertad, hasta los sueños y la prosperidad con una labor de años, que ahora se va a ver recompensada.

Hoy he tenido una pesadilla. Me he despertado sudando y con ganas de llamar a mi padre por teléfono. Para contársela. Conservo su número. A veces lo busco y me quedo mirando la pantalla. No hago nada más. Dejo que algún recuerdo pase de largo. Hoy me he despertado en otro lugar, segura de que no faltaba nadie y de que el mundo era más justo que nunca. Sé que la realidad supera a la ficción porque conozco las dos cosas muy de cerca, pero no me queda claro de dónde ha podido partir una locura tan desesperada. Me consuelo con que solo es un sueño y con lo reconfortante que es comprobar que todo sigue igual. Miro el teléfono y dejo que algún recuerdo me

«K apenas prestaba atención a todas esas aclaraciones. Por ahora no le interesaba el derecho de disposición sobre sus bienes, consideraba más importante obtener claridad en lo referente a su situación.
Pero en presencia de aquella gente no podía reflexionar bien, uno de los vigilantes —podía tratarse, en efecto, de vigilantes—, que no paraba de hablar por encima de él con sus colegas, le propinó una serie de golpes amistosos con el estómago; no obstante, cuando alzó la vista contempló una nariz torcida y un rostro huesudo y seco que no armonizaba con un cuerpo tan grueso.

¿Qué hombres eran esos? ¿De qué hablaban? ¿A qué organismo pertenecían? K vivía en un Estado de Derecho, en todas partes reinaba la paz, las leyes permanecían en vigor. ¿Quién osaba entonces entrar en su habitación?».

KAFKA, *El proceso*

cruja por algún lado. Pero el sueño se repite una y otra vez, como un bucle, como un castigo. Me lavo la cara y salgo a la calle, buscando un golpe de aire que me consuele. No ha amanecido y hace frío. En casa todos duermen. No he querido despertarlos con mi agonía. Prefiero que tengan un despertar normal, sereno, como el de casi todos los días. Doy una vuelta a la manzana y vuelvo a entrar, empeñada en sacudir mi mente de invasiones raras. No hay manera. Vuelvo a lo mismo una y otra vez. Espero inquieta a que se levanten los demás por preguntar si han notado algo extraño, algo que haya podido desencadenar esto en mi cabeza. Pero todavía no es la hora. El despertador no suena hasta las siete y media y no quiero quitarles horas de sueño. El cansancio no es bueno. El cansancio te resta capacidades y apaga la luz que sueles ver en el horizonte. Si no hay foco no hay manera. Hay dispersión. Y no llegamos a nada. Tengo que seguir. Me gustaría poder contarle a alguien lo que me pasa. Pero no es fácil de explicar. No es fácil. Me hago un café. Me gusta cómo huele la casa a café por las mañanas, cuando todo está en silencio, cuando la inocencia del sueño es todavía la única nota, cuando los problemas están quietos. Escondidos. Me siento en la

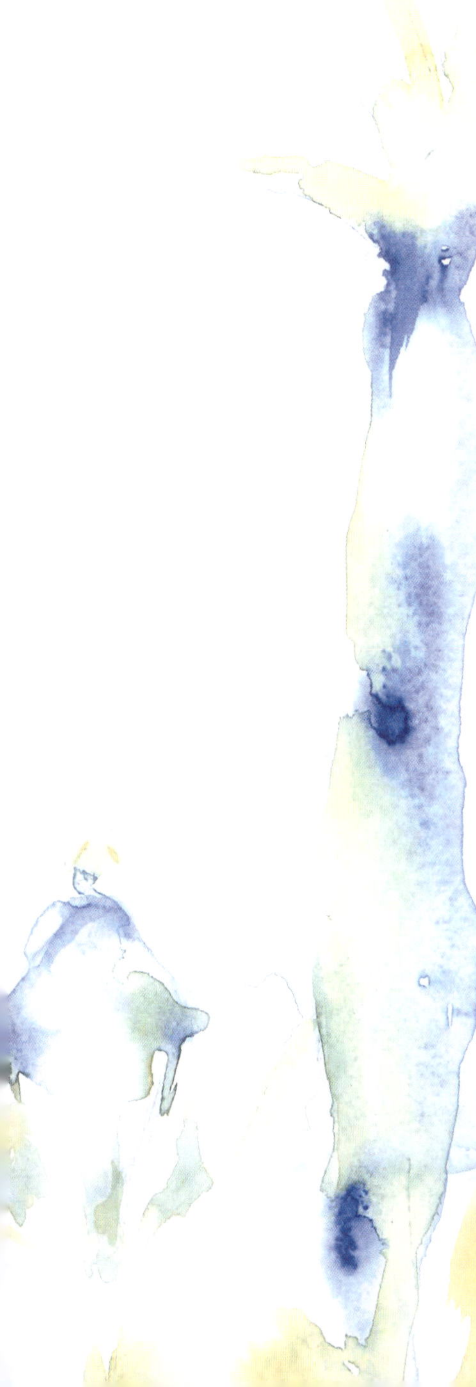

cocina y busco una radio pequeña que guardo en un cajón y que no utilizo nunca, compruebo que tiene pilas y sintonizo alguna emisora, no sé cuál, no se oye muy bien, pero es lo justo para entender lo que dicen. Tengo una necesidad extraña de ubicarme en algún lado, de comprobar que estoy donde tengo que estar, de salir de mi cabeza. Suena una música que me encanta, un tema recurrente en *In the mood for love*, una película hongkonesa del año 2000 que cuenta una de las historias de amor más bonitas que he visto nunca. Hacía tiempo que no la escuchaba. Me emociono, y tengo ganas de llorar. Ya son las siete. Busco las noticias y me quedo a escucharlas. *No ha amanecido todavía.* Algo sacude mi cabeza. Lo que escucho se me agarra a la garganta con tanta fuerza como para estrangularme. No puede ser verdad. Me tengo que levantar, abrir la ventana, beber agua. Tengo mucho calor. Cuando me angustio por algo siempre tengo calor, es sintomático. Subo el volumen y compruebo que hablan exactamente de lo que ocurría en mi pesadilla, de lo que me ha angustiado toda la noche, de lo que me ha hecho ver el mundo del revés durante unas horas, lo imposible, la historia de terror. Y empiezo a pensar que me he desorientado. Todo se desmorona a mi alrededor, la oscuridad del cielo es como un espejo y sé que nadie me va a sujetar en la caída. No hay final. Escucho que los elegidos, los mejores, los que gozaban de nuestra admiración y nuestra confianza, lo que tenían que velar por mí y por los míos lo han robado todo. O casi todo. El país se tambalea. Y esa telaraña construida por todos y cada uno de nosotros se ha roto en trocitos pequeños que ya no sujetan a nadie. Estamos pataleando en el aire. Sin red. La gente llora, grita, se enfrenta a sus hermanos porque no pueden dar de comer a sus hijos. Porque después de toda

«La obra maestra
de la injusticia
es parecer justo
sin serlo».

Platón

una vida trabajando duro nadie les reconoce su esfuerzo, su aportación al bien común, a lo que es de todos, nadie se acuerda de ellos. La experiencia ya no es un valor y lo único que importa es ganar dinero. No. Lo único que importa es que ganen dinero unos cuantos. A los mayores los despiden de sus trabajos y a los jóvenes los contratan sin las prestaciones básicas y sin cobrar un sueldo. Se nos acusa a los ciudadanos de haber vivido por encima de nuestras posibilidades, de haber gastado mucho más de lo que teníamos, de habernos endeudado hasta las cejas sin pensar qué haríamos si las cosas fueran mal. Pero hicimos lo que nos dijeron que debíamos hacer, porque era bueno para todos; nosotros conquistábamos un sueño, el de crear un hogar entre cuatro paredes, y el sistema tendría dinero para invertir en otras cosas que también serían buenas para todos. Porque se trata de un equipo. La sensibilización de la civilización, la colaboración, la solidaridad son los pilares de la sostenibilidad del imperio. El experto en un tema tiene la responsabilidad de aportar sus conocimientos para ayudar a organizar, a solucionar, a dividirse, a definirse, a hablar. Si el que sabe, te da una orden, una información, debes aplicarla; debes confiar. Así que si algo falla la responsabilidad es de los dos, no solo del que ejecuta la orden, sino del que le dijo que lo hiciera y cómo tenía que hacerlo. Pero ahora las cosas van mal y la culpa es nuestra. Nosotros pedimos y se nos dio. Si no podemos devolverlo tendremos que asumir solos las consecuencias. Si no hay trabajo y no hay sueldo y no pagamos, nos echarán de las casas. A la calle. Sin preguntar. Sin temblarles las manos. Los bancos llevan un cerrajero al notario a la firma de los desahucios. Para que escolte a la víctima a la casa y que vea cómo le cambian la cerradura en sus narices. Porque aquella casa maravillosa que compraron con tanta ilusión, hoy es una mierda pinchada en un palo que cuesta la mitad de lo que tú pagaste, y ahora debes al banco que te lo dejó mucho más de lo que vale. Y en la calle, sin trabajo, sin nombre, te perseguirán hasta la tumba de tu padre, para que pagues. Pienso en la Constitución. Nuestra sagrada escritura. Ella nos garantiza un trabajo y una vivienda digna. Nadie se atreverá a llevarle la contraria. Pero se pelean entre ellos, se insultan, las cárceles están llenas de nombres y apellidos que todos elegimos entre otros muchos como los mejores. Han escondido nuestro dinero en bolsas, en cuentas prohibidas, a nombre de algún familiar. Han echado a la gente de las empresas sin darles tiempo a reaccionar, sin más explicaciones, como un castigo. Y ahora todos vagan por las calles buscando un lugar donde reconocerse. Donde dormir. Los que conservan su trabajo les dan la espalda. Tienen miedo a quedarse sin lo suyo. A perderse también. Y aceptan cualquier cosa con tal de comer caliente. Con tal de no confesar la verdad a sus hijos. La mentira. Los hospitales están llenos. Y no aceptan a todo el mundo. Algunos llegan enfermos y no les dejan entrar. Cientos de personas salen del país para buscar trabajo en otros lados. Para volver a empezar. *Creo que está amaneciendo.* No me puedo mover. No puedo hablar. Escribo una nota a los chicos y la dejo sobre la mesa. Que no me despierten. Me voy a volver a acostar. A lo mejor me he despertado dentro de mi pesadilla y tengo que volver a entrar. A lo mejor el mundo está al revés. A lo mejor era todo un sueño, e incluso mi padre sigue vivo.

LA AUSENCIA DE DIOS

Cómo explicarlo.

La infancia es un territorio frágil, dispuesto a quedarse con todo lo que se presenta con una sonrisa y varios colores, todo lo que te haga reír, el abrazo que protege, las promesas y los cuentos, los planes, las tartas de chocolate, las tortitas con nata, el orden, la rutina, el olor de las sábanas limpias, los besos de buenas noches, las cosquillas, los veranos, los amigos del colegio, algún profesor, o profesora, esa función de teatro en la que fuiste el protagonista, un nombre de chica, o de chico, los viajes, los desayunos de los hoteles, una canción, o dos, las Navidades con los abuelos, Papá Noel, los Reyes que nunca serán los padres, los fuegos artificiales, una carta de amor, tu camiseta favorita, tus cromos, una película de mucho miedo y otra de risa, los paseos con el perro, el Monopoli, el Risk, un tablero de ajedrez, el Cluedo, las tinieblas. La infancia es un descampado por el que caminan los demás, y dependiendo de los pasos, **tú serás de una manera u otra**.

Los niños van asumiendo como suyas tus costumbres, tus opiniones, los traumas, la ideología, las prioridades, las horas, lo bueno y lo malo. Todo. Se lo comen todo. Durante un tiempo. Pero hay un día en el que empiezan a sentirse bien sin tu compañía, y a observar a su alrededor, a sacar sus propias conclusiones, y a desordenar lo que hasta ahora eran tus prioridades. Hay un día en el que empiezan a cuestionarse el porqué de tu comportamiento, del suyo, del orden de las cosas, de los horarios y del frío. En esa búsqueda de sus propias fronteras aparecen las tuyas y sus ganas de mandarte a la mierda. Con todo el cariño del mundo, porque son conscientes de que haces mucho por ellos, pero a la vez están hartos de que revolotees alrededor sin perderles de vista.

La infancia. Un huerto donde plantar un almendro que dará flor antes de que llegue la primavera, impaciente por verse dibujado desde la copa hasta las raíces. Esas raíces determinan tus gustos, tus sentidos, tus preferencias. Nada sobra. Todo es abono para amasar las ideas. Todo es importante. Pronto dudaremos de nuestras intenciones, nos llenaremos de sueños ajenos y volaremos en espacios

*«Hice bien en dejarme llevar
por la gran ola divina;
no me arrepiento de haber sido rehecha
por las manos del Señor. No me ha
salvado ni de la muerte, ni del mal,
ni del crimen.
Me ha salvado tan solo
de la felicidad».*

Marguerite Yourcenar,
monólogo de María Magdalena en *Fuegos*

cerrados. Pasará mucho tiempo hasta que entendamos a nuestros mayores y sus gestos nos parecerán casi siempre un error.

Cuando eres un niño, los pasillos son más lagos y las sillas más altas, las aulas parecen universos inconquistables y tu cama siempre está más vacía. Todavía conservo la cama nido en la que dormía con mi hermana. Una cama de madera blanca que he vuelto a pintar. Ella dormía arriba y yo abajo. Porque yo era la pequeña. Lo sigo siendo, hay cosas que no cambian. Pero hay cosas que sí, tu cabeza se da la vuelta y te encuentras mirando el mundo desde el otro lado. Casi lo miras por primera vez. Es como si alguien te metiera la mano en el estómago y te lo vaciara. Como si alguien te cerrara la puerta en las narices. Como si te apagaran la música en plena exaltación de la amistad. En pleno baile, para que te sientas como un imbécil. Eres un imbécil, pero no te habías sentido así hasta ahora. No hay nada como una decepción para generarte desconfianza. Para cerrar tu corazón. Entregarte a alguien, ofrecerle tu intimidad, tus miedos, tu salud, tu amor con mayúsculas, tus preguntas, y no recibir nada. Mirar hacia la puerta y ver que no se vuelve a abrir. Que estás esperando de nuevo. Como cada día. Esperas a que aparezca quien te hizo cada promesa, porque tú has cumplido tu parte del trato. Tú eres una buena persona. Haces lo correcto. Cuidas, sonríes, comprendes, ayudas, mientes poco, trabajas mucho, compartes, te sientes culpable por casi todo, piensas constantemente en los demás, das explicaciones, no impones nunca tu criterio, no discutes, no te enfadas, te adaptas. Te entregas. Desapareces. Lo que esperan de ti. Cumples tu parte del trato.

Cuando eres niño, miras al cielo y parece que allí se esconde todo. Que tras las nubes late un todopoderoso que asustará a los fantasmas y a las sombras, que alejará el mal de tus pensamientos, que te calmará la sed y los agujeros negros, que protegerá tus sueños. El mismo que tentó al hombre con la mujer y que asoló la tierra con un diluvio, el que se hizo hombre y nació del cuerpo de una mujer virgen, el que vino a la tierra para padecer como nosotros padecemos nuestros pecados, el que creó el cielo y el infierno, y creó también el purgatorio para los dudosos, para los imputados. El omnipresente. El misericordioso. Cuando eres niño juntas las manitas para rezar a aquel que parece el único capaz de salvarte del hombre del saco. Te lo dice quien más te quiere, te lo dice y te enseña con paciencia lo que tienes que decirle, y tú lo haces y te sientes reconfortado. Claro que sí. Mucho menos solo que antes. ***Saber que Dios anda por ahí es algo con lo que cuentas***, no lo cuestionas, lo imaginas, lo amas, lo respetas. Él está en todas partes. Todo tiene una explicación. La suya. Hasta el dolor más agudo, el más insoportable tiene una razón en su pensamiento. Pensamiento. Actividad intelectual de la mente; diversas operaciones de la razón que significan analizar, sintetizar, comparar, generalizar y abstraernos. Puede manifestarse en el lenguaje, o no. Imaginamos a aquel que nos protege, de mil maneras, sin forma, capaz de filtrarse por las ventanas de la casa, del aula del colegio, por las puertas del coche, entre tus

«Lo cierto es que ahora
ya no estás en mi noche
desgarradoramente
idéntica a la otras
que repetí buscándote, rodeándote.
Hay solamente un eco irremediable
de mi voz como niño,
esa que no sabía».

MARIO BENEDETTI

dedos, capaz de verlo y de saberlo todo, capaz de soplar tan fuerte como para las raíces de los árboles, los edificios, las plantas, huracanes de rabia por nuestros pecados, terremotos que parten la tierra en dos y se tragan a quien pasea su vida por los caminos que él les prestó durante un tiempo. Olas de mar que se llevan pueblos enteros por delante, niños y niñas que aún no perfilaron su identidad ni su memoria, cuerpos muertos que flotan en el agua salada a plena luz del sol.

De rodillas, detrás de la celosía del confesionario, que separa dos espacios de culpa y redención, estás tú, con dos coletas, contándole a un desconocido y en voz baja que has mentido, que has comido de más y que te has tocado alguna vez. Hay algo que no te deja dormir todas las horas que deberías. Por eso apoyas la cabeza encima del pupitre, y no es que no te interese lo que cuenta la profesora, que te interesa, pero en la oscuridad la angustia toma forma en el pecho y eso te alivia y te cansa y te distrae de otros pensamientos. El examen de conciencia incluye revisar los pecados del cuerpo, y a los cinco sentidos hay que añadir la lengua, los pies y el corazón. Mi padre me contaba que de niño, anotaba en los márgenes de las páginas del libro que leía esos días, las veces que había caído en la tentación, porque el cura, detrás de la rejilla, solo le preguntaba «¿cuántas veces hijo mío?, ¿cuántas veces?». Era otro mundo. Porque vamos regenerando las células y la salud de ese pensamiento.

Generación tras generación desechamos lo que funciona mal y buscamos carreteras secundarias. Demasiados años con las mismas costumbres. Demasiados pocos con armas para encontrar la salida, para conquistar una libertad que tiene que ver con la comprensión de las cosas. No formarse es no elegir. Si no hay espíritu crítico no hay lugar para discernir entre lo bueno y lo malo de lo establecido. Como borregos, sin preguntarse por qué esa ruta y no otra más corta y con mejor tiempo. Confesando la intimidad más profunda y limpiando el peso del delito con tres padrenuestros, una limosna y cuatro avemarías. La meta de la limosna siempre fue sumarse a la penitencia de quien busca el perdón, aunque de paso consigamos llenar el buche del que ha errado en la vida y por eso (entre otras cosas, digo yo) ahora paga con su pobreza. Se trata de conmutar penas. Como en las leyes que regulan nuestra convivencia. Y esas penas, siempre se han visto gordas o livianas, en función del entorno socio-económico en el que vive el pecador. He conocido sacerdotes extraordinarios, seres humanos llenos de amor dedicados al prójimo mucho más que a ellos mismos. Compasión, afecto, empatía, comprensión, entrega y una capacidad única para conseguir soluciones prácticas de una sociedad dispuesta a colaborar con ellos (solo con ellos) en la restauración de esas vidas, que perdieron la inocencia de un golpe. Tienen nuestra confianza. Gente buena que encuentra la justificación de su existencia en el cuidado a los demás. Eso es lo mejor de la fe. La confianza en la propia vida. Y la convicción de que pase lo que pase, sea como sea el mundo que nos espera tras una tragedia, una pérdida o una dificultad, será, seguro, un mundo nuevo. Qué gran apoyo, creer que hay algo detrás de todo esto. Que no termina el libro en la última página. Que todo lo que ocurre es para trazar los pilares de otro barrio más limpio.

Cómo explicarlo. Todo está bien. Mientras entendamos que esto es lo que es, y no más de lo que es, ni menos, y que conlleva una aceptación constante de las cosas, no hay duda. Pero llegar aquí exige una experiencia de media vida, y pasarte la otra media equivocado. Sintiéndote protegido y en deuda con alguien que, finalmente, nunca está. No creo que sea cuestión de impaciencia. Es más una cuestión de soledad. Y de coherencia. Porque a pesar de todo, de los llantos, las oraciones, la desesperación, la injusticia, el terror, las lágrimas, las súplicas, las ofrendas, de noches enteras de llamarle por su nombre, a pesar de las grandes tragedias, de la incomprensión, de la impotencia, a pesar de todo, nunca está. Pasan los años y nadie vuelve. Nos quedamos con la ausencia de quien se ha ido, con los ojos llorosos, sin entender nada. Pasará mucho tiempo hasta que podamos volver a escuchar su voz. Buscamos su rastro en el mapa, y el nuestro, por si hubiera una respuesta, un gesto. Algo. Miro de cerca y estoy ahí, en la tierra; tu nombre en las estrellas y entre nosotros, nada. Solo es cuestión de tiempo. Y mientras llego hasta donde estás tú y para poder convivir con tu ausencia, con todas las ausencias, me detengo, respiro hondo y siento que todo aquello que no encuentro fuera tendrá que estar dentro, ahora, en mi silencio, en mi desconsuelo, en los sonidos que percibo a mi alrededor. Entiendo que pertenezco a lo que veo y a lo que tengo, que en la medida en que yo me sienta a salvo podré extender mi mano a los demás y caminar hacia a algún lado. El amor, en definitiva, es lo que capacita al ser humano para casi todo. El amor, y ese espíritu crítico que se cimenta sobre un conocimiento lúcido y una sobresaliente sensibilidad para la percepción de cada pequeño acontecimiento. Encajar los hechos y maniobrar con conciencia, con la ecuanimidad que da tener perspectiva de las cosas. El amor es tan poderoso que puede aventajar al enemigo. Porque diluir tu fuerza entre rencores y enfrentamientos es tener que volver a empezar. No se le ocurre a nadie. Con el poco tiempo que tenemos para transitar por aquí, perdernos entre batallas y ajetreos nos deja sin fuerzas para fabricar nuestra propia seguridad. Nuestra armonía. ¿Cuál es tu finalidad en esta vida? ¿Lo sabes? ¿Lo imaginas? Una vez deducido que la felicidad está más cerca del sosiego que de la efervescencia, huir del conflicto y de la descalificación de lo que significa el otro suavizará las penas. Los pensamientos boicotean el proceso, por terror a no obtener un buen resultado. En lo que sea. Nuestros recursos son limitados. Y si los gastamos en el trayecto hacia el foco equivocado, nos quedaremos sin capacidad para más. Habremos perdido. La energía y la oportunidad.

Hablábamos de Dios. Y de su ausencia. Del deseo de poderle hablar de la incógnita que suponen la vida y la muerte. De lo complejo que es continuar sin ti. Sin ellos. De que asumir una espiritualidad que calme la turbación de intuirlo todo y de no saber nada incluye amarle a Él. Cada uno a su manera. Buscarle en los abrazos y en los besos, en el aire y en cada almendro en flor. En las buenas noticias y en las malas. En los días largos. O en una tarde de verano.

Hablábamos de Dios. De su ausencia. De la nuestra. Porque, en la medida en que no estamos disponibles, tampoco estamos abiertos a advertir que las cosas no son lo que parecen. A que la realidad son varias historias a la vez y que apostarlo todo a una carta no significa que sea la buena. Escuchar te hace grande; y sonreír también.

Porque la espiritualidad está precisamente ahí, en la atención que prestas a cada cosa que haces. En el amor que hay en el movimiento de tus manos. En sus razones. La edad adulta transcurre por un campo de minas. Avanzar por él es la única opción que permite el juego, no hay más. Los jueces nos miran desde arriba pero no pueden decirnos nada. Son muchos factores los que van a determinar cada paso que demos y el efecto mariposa sucede de una manera ininterrumpida. En ese contexto, nuestro punto de vista del horizonte es parcial y limitado y es imposible saber quién va a cruzar la calle a derecha o a izquierda. Ni cómo. Hay factor suerte, sí, pero también hay actitud, fuerza de voluntad, esfuerzo, formación, gestión de las emociones, estado de ánimo, responsabilidad frente al estado de ánimo, capacidad de trabajo, aptitudes, desarrollo de las aptitudes, y mucho amor. A pesar de todo esto puedes pisar la mina antes de lo previsto, y dejarlo todo a medias. Hay viajes cortos y viajes largos. Pero en definitiva se trata de un viaje y en algún punto hay que bajarse del tren. Solo o acompañado. Quiero pensar que tanto esfuerzo, tanto trabajo por mejorar queda en algún sitio. Porque el afecto transforma, cura, literalmente. Es posible apagarse por falta de amor. A algún lugar debe volar lo conseguido. A los demás, supongo. En ellos queda nuestro legado. En una conversación. En una idea. En una reacción a un comportamiento. En el punto de vista de las cosas. En un latido. Te llevas lo que dejas. Y en lo que dejas, en algún rinconcito de lo que dejas, debería estar Dios. El que sea. Y no su ausencia.

Buen viaje.

A pesar de todo, el viaje *siempre*
merece la pena.

AGRADECIMIENTOS

A *Omar* y *Leo*, porque sois lo que más quiero en este mundo; por amarme, protegerme y hacerme reír; porque no puedo imaginar esta vida, ni otra, sin vosotros. A *Nata*, porque eres un ser humano único, por cuidarnos siempre a todos sin condiciones y por hacerme sentir que sigo siendo la pequeña. A *Fer*, mi hermanito, por tu sensibilidad y tu cabeza privilegiada, que siempre tiene ideas para todos. A *Marta*, por quererme así, como yo a ti; siempre juntas. A *Mateo*, por ser el mejor referente para Leo, y mi amigo del alma, literalmente. A *Paco Bello*, por hacerme creer en el ser humano; porque te quiero, mi Paco, siempre con la mejor actitud, pase lo que pase. A *Maca*, porque estoy muy orgullosa de ti, y por luchar siempre por mí. Y porque adoro a *Goye*. A *Raka*, por tantos ataques de risa y tu enorme corazón. A *Alma*, porque nos entendemos sin hablar, porque nos reconocemos. A *Fran*, porque eres cojonudo, amigo. A *Ric*, por bueno, por generoso, porque eres un amigo de verdad. A *Antía*, porque nunca, jamás, me fallas. A *Dave*, porque muchas veces te echo de menos, y a *Esme*, por bonita. A *Jose*, por tu ayuda, a ciegas, y por ser tan buen ejemplo para nosotros. A *Juan*, mi súper cuñado, que me cuidó con tanto amor cuando era tan pequeña. A mis queridos sobrinos, *Juanito*, mi niño honesto y transparente; *Javi*, orador inteligente y genial; *Carlitos*, el pequeño luchador, fuerte y vulnerable, y *Natalita*, mi princesa delicada y preciosa por dentro y por fuera. A *Merche* y *Azmi*, mis súper suegros, comprensivos, amorosos, divertidos; los maravillosos abuelos. Y al primo *Jesusín*, por tu generosidad. A mi *Mari*, por ser mi segunda madre, por tu entrega incondicional. A *Lari*, por quedarte en mi corazón. A *Lisa*, por ayudarme tanto. A *Joana*, por las intensidades compartidas. A *Javi* y *Mauro Jiménez* y *Soler*, porque sois divinos, buenos, divertidos y grandes amigos. A *Eva* y *Juan*, porque sois unos nuevos amigos que merecen la pena, como *Miguel* y *Bea*. Como *Vega*. A *Tania*, porque siempre puedo contar contigo. A *Pedro Pérez*, porque siempre has creído en mi, Peter, y yo en ti. A *Alberto* y *Mar*, por esas cenas. A *Almudena* y *Augusto*, porque hemos crecido juntos. A *Alberto Cerdán*, a *Juan* y a *Marisa*, porque siempre salimos mejor de lo que entramos. A *José Juan* y *Paco*, por vestirme tan bien. A *Santi Vivanco*, por todo lo que nos has dado siempre. A *Rosauro*, por tu manera de cuidar a tus amigos, de la que tanto he aprendido y a *Amaia*, el pibonaco. A *Nachete*, por bueno, por sensible y por acercarme a gente como *Anita*, a la que adoro. A *Amaia*, la madrina querida. A *Carles* y *María Antonia*, los padrinos, por tanto amor y tantas risas y tanta generosidad, con todo; y por nuestra calita. A *Mar Maroto*, por saber salir. A *Gabi*, qué haría yo sin ti, y a *Juan*, tu chico. A *Paz* y *Santi*, la gran pareja, por amarse así, y por creer en mí desde el principio. A *Félix*, por media vida juntos, y otra media. A *Susana*, por lobona, mi niña fuerte y guapa. A *Xavi Obach*, por tu integridad. A *Urbana*, por dejarme llevar vaqueros. A *Javier Olivares*, por el mejor regalo, mi *Irene Larra*. Y a *Marc*, por tanto talento. A *Benjamín Prado*, por tu flequillo. A *Sarita*, por tu respuesta. A Lucía, por esa energía que adoro y que me contagia, y a esa pandilla que amo, las largas, a la dulce Raquel, con mi chico malo favorito, Santi Carbones; a mi Paloma, Vicky, Carola (y su chico, Emi, que va repartiendo amor por el mundo), Crispi (por esa cabeza estupenda) y su chico, Constan, porque me reconozco. A Sonia la de la Complu, y a su chico Raúl, que pincha mejor que nadie. A Blanca, mi vecina, por tu confianza en la vida, y tu entusiasmo, todo un ejemplo, amiga. A Santi, por ser algo precioso en la vida de Leo. Y Asís, porque nos morimos de risa contigo. A Juan, Alfredo, Víctor, Jaime y Álvaro, la pandilla del cole de Leo, que le hace tan feliz. A Ernesto Caballero por creer en mí desde el principio. A Eduardo Vasco, por sujetarme en un viaje interior y expuesto a la vez, y enseñarme tanto en el camino. A José Luis Massó, el autor de estas acuarelas, por tu gran apoyo en cualquier camino, por tu bondad y tu generosidad. A Víctor Ullate y Edu Lao, por vivir por y para el arte. A Jorge Anegón, por apostar por la gente buena y priorizar siempre el amor. A Gregory y Lee, porque os echamos mucho de menos. A Francisco, porque siempre nos guardas la mejor mesa. A **Marina** la bella, porque sigues entre nosotros. A **Eric**, mi francés favorito. A **Pedro Zerolo**, por tu dignidad, y a **Jesús**, por la tuya. A **Jorge** y **Mari**, por la infancia compartida. A **Edu**, porque estás ahí desde siempre, como **Ana Pérez**, **Anita** o **Cristina**, **Sonini**, **Isa** y **Manuela**. A **Meriyou**, porque tú te quedaste y yo me fui. A **Velasco**, por tus consejos y tu sentido del humor. A **Mía**, por ser el mejor vecino; a **Kike** y **Carlos**, por vuestro ejemplo. A **Eu**, porque siempre te alegras de vernos. A los **Busturia**, por esas lentejas. A **Javier** y **Shalimar**, por saber disfrutar a tope de la vida y compartirlo. A **Lorenzo**, a **Tomás**, a **Pascua**, a **Domingo**, a **José Manuel** y a **Olga**, por responder siempre; a **Álex Estil-les** y su **Xavi**, a **Alfonso**, a **David** y **Piti**, a la **Terre**, a **Asier**, a **Paco Tomás**, a **Chevi**, a **Tao**, a **José Feldene**, a **Ramón** y **Laura**, porque os quiero; a **Geli**, a **Nora** y a **Germán**, y a **Guille**; a **Isabellinha** y a **Tozé**, a **Huga** y a **Rocío**, las súper hermanas, al súper abuelo **Antonio Rey**, a mi adorado **Dani Escollera**; a la alegría de la huerta, **Alba Pau**; a mi rubia favorita, **Anita**; a **Cayetano**, **Fred**, **Jorge**, **Ricardo**, **Adela**; a **María** y

Juanma, otros buenos amigos de los nuevos; a **Luismi**, mi *back to back*, y a **Luis**, a **Meri** y a **Eli**, por tu trabajo personal... A **Carmen Fernández de Blas**, por tu paciencia. Y a **todo tu equipo**, siempre amable y receptivo. Y a **Ymelda Navajo**, por perseguirme, convencerme y esperarme para que escribiera este libro.

Y a **todos los que compartís conmigo** este camino desconocido.

Gente maravillosa que me aporta siempre cosas buenas. Gracias a todos. Por todo.

Espero poder corresponder.

CAYETANA GUILLÉN CUERVO

Cayetana Guillén Cuervo nació en Madrid y es la hija pequeña de Fernando Guillén y Gemma Cuervo.

Es licenciada en Periodismo por la Universidad Complutense de Madrid, estudios que combina con los de Arte Dramático en la Escuela de Cristina Rota. Empieza a trabajar a los quince años pero nunca abandona su formación. El amor por los libros es uno de los legados de su padre. En su andadura profesional combina la interpretación, la comunicación y los artículos de opinión para distintos medios.

En su amplio recorrido acumula radio, con programas como *Hoy por hoy* (Iñaki Gabilondo es su padrino y su maestro en el arte de comunicar) o *A vivir que son dos días*; cine, con películas como *Más que amor, frenesí*

(Bardem, Albacete y Menkes), *El abuelo* (José Luis Garci, del que aprendió cosas realmente valiosas) o *Una pistola en cada mano* (Cesc Gay); series de ficción como *Raquel busca su sitio*, *Amar en tiempos revueltos* o *El Ministerio del Tiempo*; teatro, con obras como *El malentendido* (A. Camus, Eduardo Vasco), *Fuegos* (M. Yourcenar, José María Pou) o *Hedda Gabler* (H. Ibsen, Eduardo Vasco), y programas de TVE como *Versión española* (programa que Cayetana ha vivido como un compromiso real de servicio público, para acercar nuestro cine a los espectadores), *Atención obras* (ambos en emisión) o su paso por *Master Chef Celebrity*, por el que recibió un apoyo abrumador y sincero por parte del público, algo por lo que estará eternamente agradecida.

En la diversificación profesional encuentra la forma de ser el motor de sus propios proyectos.

Siempre le gustó mucho escribir. Y nunca ha dejado de hacerlo.

José Luis Massó

Desde que yo recuerdo las actividades artísticas han llamado mi atención; en el cole, en lugar de jugar al fútbol me dedicaba a recrear lo que yo creía que eran funciones teatrales (bendita inocencia); como los Reyes no me trajeron los pinceles que había pedido, me corté el pelo para hacérmelos, con palos y papel celo (para haber grabado la cara de mis padres); a la hora de elegir un deporte, pues qué iba a hacer. Qué deporte hay más teatral y caballeresco que la esgrima. Pero eso sí, no me pidáis que baile o que cante, mejor no.

Por eso no es de extrañar que toda mi formación sea artística, teatral. Empecé con interpretación en la Real Escuela Superior de Arte Dramático de Madrid, seguí en Londres (qué difícil fue), continué en Italia (esa Italia de mi alma) y volví para estudiar Escenografía de nuevo en Madrid.

Así que he trabajado como actor, ayudante de dirección, y director, en España, Inglaterra e Italia. Todo ello para compañías como el Centro Dramático Nacional, Compañía Nacional de Teatro Clásico, Noviembre Teatro, Develet Tiyatrosu (Compañía Nacional de Turquía), Tag de Venecia, Chanticlier Theatre; y con directores como Adolfo Marsillach, Pilar Miró, Guillermo Heras, José María Pou, Eduardo Vasco, Jean Pierre Miquel, Maurizio Scaparro, Sergi Belbel, Juan Carlos Pérez de la Fuente, Rafael Rodríguez, etc. ¿Y algo más en el teatro? Sí. La escenografía me apasiona. Aúna mi amor por el teatro, la pintura, la escultura... He podido realizar escenografías para varias compañías, pero sobre todo para 2RC Teatro en Gran Canaria (la isla de mi alma, mi segunda casa).

Pero como no puedo quedarme quieto, además del teatro, de mi oficio de actor y escenógrafo, también soy PINTOR, principalmente acuarelista (me convenció de ello mi maestro y amigo Emmanuel Luna). La verdad es que es difícil decidir qué me gusta más, si el teatro o la pintura, así que mejor no lo digo y disfruto haciendo las dos cosas.

www.joseluismasso.es

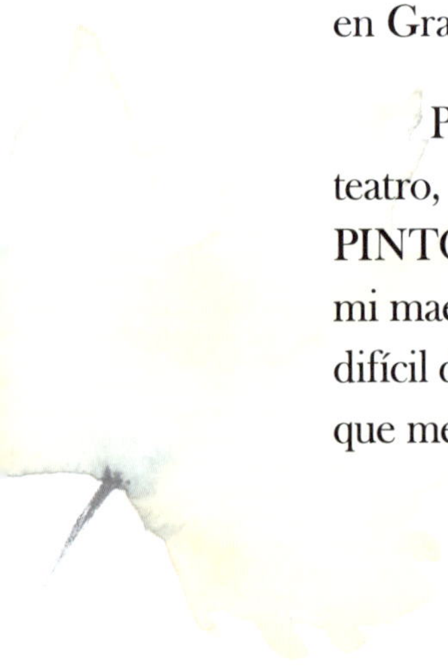

Este libro se terminó de imprimir
en mayo de 2017